EL GATO TUERTO

PAULA FOX nació en Nueva York en 1923 y allí reside. Antes de destacar como autora de libros infantiles ejerció el periodismo y la enseñanza.

Ha recibido, entre otros premios, la medalla Newebery y el Hans Christian Andersen, en 1978, por el conjunto de su obra.

También ha publicado novelas para adultos y dos libros ilustrados.

JUAN RAMÓN ALONSO DÍAZ-TOLEDO nació en 1951, en Madrid, donde también vive. Es profesor de dibujo en la Escuela Superior de Bellas Artes de Madrid, y sus dibujos enriquecen las revistas, periódicos y libros que ilustra.

Varios títulos de esta misma colección han sido ilustrados por él, y todos ellos valorados por la crítica y los lectores.

Paula Fox

Premio Hans Christian Andersen, 1978

EL GATO TUERTO

Traducción de Guillermo Solana

4
vientos

EDITORIAL NOGUER, S.A.
Barcelona-Madrid

Título original: One-eyed cat

(C) 1984 Paula Fox
(C) Editorial Noguer, S.A., 1986
      Paseo de Gracia, 96, Barcelona
Reservados todos los derechos
ISBN: 84-279-3175-1

Segunda edición: diciembre 1991

Traducción de Guillermo Solana Alonso
Cubierta e ilustraciones: Juan Ramón Alonso Díaz-Toledo
Impreso en España-Printed in Spain
Gráficas Ródano, Viladecans

Depósito legal: B-38.637-1991

*A mis hijos Gabriel y Adam
y a mis hermanos James y Keith*

Hubo una vez un niño que salía todas las mañanas.
Y se trocaba en el primer objeto que veía.
Y aquel objeto se convertía en parte de sí mismo, por unas horas o por toda la jornada.
O quizá año tras año durante muchísimo tiempo.

Walt Whitman

Domingo

Ned Wallis era el único hijo del pastor. La iglesia congregacionalista en la que oficiaba el reverendo James Wallis se alzaba en una colina baja que dominaba una vereda, a cosa de kilómetro y medio más allá del pueblecito de Tyler, en el Estado de Nueva York. Cerca de la casa rectoral, a unos cien metros de la iglesia, había un pequeño cementerio de desgastadas lápidas. Algunas habían venido al suelo y las habían cubierto el musgo y la yedra. Cuando Ned aprendió a andar, el cementerio era su lugar favorito para ejercer la nueva destreza. Allí solía recogerle su padre después de que los fieles hubieran vuelto a sus casas para disfrutar de la comida dominical. Allí también se sentaba a menudo su madre, sobre una lápida caída, y cuidaba de él mientras su padre, junto a la gran puerta de la iglesia, saludaba a cada uno de los que habían asistido al servicio religioso. Pero aquello ocurrió muchísimo tiempo atrás, antes de que su madre enfermara.

Justo detrás de la iglesia, había un cobertizo bajo, oscuro y que olía a moho, en donde antes de que hubiera automóviles dejaban los fieles sus caballos. Cuando el tiempo era malo, aún lo empleaba el anciano señor Deems para guardar la escuálida yegua zaína que tiraba de un coche sin ballestas. En ese vehículo acudía a la iglesia desde su granja del valle. Y cuando Ned creció, él y otros muchos chicos de la escuela dominical jugaban allí. Se escondían, gritaban y se asustaban mutuamente, pero cuidaban de mantenerse fuera del alcance de la yegua del señor Deems, famosa por su mal talante. En los días cálidos, las voces del coro —sobre todo las temblorosas de los de más edad— flotaban en la penumbra del coro alto como el aroma tenue y dulzón de las flores de los prados. Los niños hacían una pausa en sus juegos y escuchaban hasta que enmudecía la anciana señora Brewster, quien sostenía la última nota de un himno hasta quedar sin aliento y tambalearse en su asiento.

La familia Wallis no residía en la casa rectoral, aunque podría haber vivido allí sin que le costara un céntimo. Su casa se hallaba a veinticinco kilómetros de Tyler. Fue construida por el abuelo de Ned en 1846, casi ochenta años antes de que naciera Ned. Al igual que la iglesia, se alzaba sobre una colina. Desde sus ventanas se veía el río Hudson. Esta vista fue una de las razones por las que el reverendo Wallis no quiso mudarse.

Era una casa grande, vieja y destartalada. Cuando sus achaques se multiplicaban —la caldera que se apagaba inesperadamente, la cisterna que se salía, las goteras del tejado— o cuando se agravaba la enfermedad de la madre de Ned de modo tal que el reverendo Wallis apenas podía marcharse para atender a sus numerosas ocupaciones pastorales, proclamaba que tendrían que mudarse y vivir en la humilde y pequeña casa rectoral, tan lejos de la arrebatadora visión del gran río. Ned sabía que su padre quería esta casa, tan difícil de atender, tan lejos de su iglesia y tan costosa para el salario de un pastor rural.

Cuando Ned, los domingos, acompañaba a su padre hasta la iglesia, siempre le asombraban los vastos espacios aéreos por encima de los pasillos y las filas de bancos, la inmensa altura de las ventanas radiantes de luz, y los dorados tubos del órgano que se alzaban tras el púlpito. Por muchas que fuesen las veces que los contara, siempre obtenía un número diferente. Conocía cada rincón de la iglesia, desde la cueva en donde, con mal tiempo, resplandecía la enorme caldera como una locomotora de vapor, hasta el sótano en donde se celebraban las clases de la escuela dominical, las reuniones y las conferencias. Allí también, en ocasiones especiales, se extendían las largas mesas de las cenas parroquiales que llegaban hasta la estrecha escalera de caracol por la que se ascendía a la galería situada encima del coro. Quizá las dimensiones de la iglesia le sorprendían tanto porque estaba acostumbrado a concebirla como una habitación más de su propia casa.

Un domingo de finales de septiembre, pocos días antes de cumplir los once años, Ned estaba recostado en el primer banco en donde habitualmente se sentaba. El rojo terciopelo del asiento, tan agradable en invierno, causaba ahora picores en la parte posterior de sus piernas. Aún persistían el calor y el cielo pálido de agosto. La voz de su padre, mientras predicaba el sermón, parecía llegar de muy lejos. Alguien tosió. Otra persona pasó ruidosamente las hojas de su libro de himnos. Una nube de sopor envolvió a Ned como si fuera un manto. Trató de mantenerse despierto, imaginando cómo sería vivir siempre en el océano. Eso fue lo que le sucedió a Philip Nolan en *The Man Without a Country:* fue deportado a un barco. Ned había acabado el libro esa misma mañana, justo antes de bajar a desayunar con papá. El pensamiento del desayuno despertó por completo a Ned. Le recordó a la señora Scallop.

Hasta hacía dos meses, los desayunos dominicales transcurrían en silencio. Papá siempre lucía su alfiler de amatista en su negra corbata de seda, vestía los negros pantalones con galones de satén a lo largo de los costados, y el chaqué con los faldones que parecían las alas plegadas de un coleóptero, y tenía su mirada de los domingos, pensando en el sermón, como Ned sabía. El único ruido era el de las cucharas contra el interior de los cuencos de cereal. A veces, Ned alzaba la mirada hacia la pantalla de vidrios coloreados de la lámpara, cuyos diversos cristales estaban adornados con formas de animales salvajes. El favorito de Ned era un camello en un pardo desierto de cristal, que parecía extenderse kilómetros y kilómetros cuando se encendía la luz. Pero el silencio se quebró con la llegada de la señora Scallop, cuya voz irrumpía ahora cada mañana en el comedor, tan aguda y rechinante como la sierra del leñador que,

9

en la primavera, acudía para podar los pinos de la faja septentrional de la propiedad de los Wallis.

La señora Scallop era la tercera ama de llaves que habían conocido en un año y, en opinión de Ned, la peor. Se quedaba ante la mesa hablándoles mientras sus manos descansaban sobre su estómago. No precisaba de preguntas, de respuestas o de cualquier tipo de conversación para seguir adelante. Ned reparaba en que la frente de papá se cubría de arrugas, aunque se mostraba cortés y amable con la señora Scallop, como con todo el mundo. Aquella mañana, camino de la iglesia en el viejo Packard, Ned dijo:

—La señora Scallop habla a nuestras sillas cuando no estamos.

Papá repuso:

—Es muy buena con tu madre. Pobre mujer. Ha llevado una vida muy dura. Perder a su marido tan sólo al año de casados y tener que mantenerse por su cuenta todos esos años.

Ned sabía que diría algo semejante. Pero antes, cuando contó a su madre la misma broma acerca de que la señora Scallop hablaba a los muebles, ella se echó a reír, y le dijo que a la señora Scallop le asustaban los gemidos y los murmullos.

—Si yo murmuro: «Deje la servilleta en la bandeja», la señora Scallop desaparece instantáneamente.

Ned empezó a sonreír. Pero luego no pudo continuar. Pensó en la enfermedad de su madre, artritis reumática, que la hacía gemir y sentirse tan débil que apenas le permitía hablar.

Lo que más sorprendió a Ned acerca de la señora Scallop eran sus silencios súbitos e inexplicables. Se le antojaban mucho peores que sus palabras. Eran silencios de rabia que se reflejaban incluso en sus manos, tan blancas apretadas contra el estómago que Ned podía distinguir manchas en la piel. Jamás fue capaz de sospechar cual era la causa.

Un día le llamaba querido niño y le besaba cada vez que tenía la oportunidad. Pero a la mañana siguiente, clavaba en él silenciosamente sus ojillos, que eran dos puntitos dibujados con un lápiz azul. Sus fosas nasales se ensanchaban un tanto, sus cabellos rizados parecían electrizados. ¿Qué *había* hecho él, se preguntaba, para que se pusiera tan furiosa? Pero ella jamás lo explicaba. Ned decidió que lo peor que le podías hacer a una persona era no decirle por qué estabas enfadado con ella.

Papá sólo predicaba acerca de diez mandamientos, pero la señora Scallop disponía de centenares, y los machacaba como un pájaro carpintero picotea el tronco de un árbol.

—Si no te secas los pies muy bien después de bañarte, cogerás una apendicitis —le advertía—. Si dejas caer un tenedor, tendrás malas noticias antes de que anochezca —decía.

Un día le arrebató de las manos el libro que estaba leyendo, lo estudió atentamente durante un segundo y luego exclamó: ·

—¡Qué disparate! ¡Animales que hablan, por favor! ¡Se te reblandecerán los sesos si lees tales tonterías!

Pero aún así prefería su picoteo de pájaro carpintero a los silencios hoscos y acusadores.

Aquella mañana había empezado como un día de «querido niño». Describió la tarta de cumpleaños que haría para Ned el miércoles. Le asombraría. ¿Acaso no había sido ella quien le hizo su primera tarta cuando era una menudencia de cinco años? ¿No le había enseñado su propia madre a hacer tartas tan buenas? ¿O no era ella la mejor haciendo tartas, en muchos kilómetros a la redonda? Su undécimo cumpleaños, afirmó, era muy, muy importante. Después de los once años empiezas a aprenderlo todo. Si no lo sabes todo para cuando cumplas trece, nunca tendrás otra oportunidad.

—Bueno, señora Scallop, creo que contamos con más tiempo del que usted dice —observó papá amablemente.

Ned se excusó al levantarse de la mesa y fue escaleras arriba para despedirse de su madre.

—La señora Scallop afirma que tengo que aprenderlo todo antes de cumplir los trece —le dijo.

Mamá se hallaba en su silla de ruedas junto a los miradores.

—Me temo que eso fue lo que le pasó a la señora

Scallop —repuso mamá, sonriendo a Ned. Él advirtió en el acto que aquel día se sentía bien. Había mañanas en que, apenas entraba en su habitación, daba media vuelta y salía; días en que se hallaba inclinada sobre la bandeja adosada a la silla de ruedas como si un viento le hubiese clavado allí, un viento que le impedía sentarse erguida. Esas eran las mañanas en que sus dedos parecían tan retorcidos como las raíces de los pinos. Entonces, se alejaba de puntillas como si sus propios huesos estuvieran trocándose en agua.

—Va a hacerme, el miércoles, una tarta de cumpleaños —le anunció.

—Hemos de admitir que sabe apañarse con el horno —dijo su madre—. Aunque, para cuando ha acabado una tarta, para cuando te dice todo lo maravillosa que es, apenas te queda apetito alguno.

Se volvió para observar por la ventana.

—Mira —dijo—. Un día espléndido. Aún no hay calima. Creo que se podrá ver hasta West Point. Siempre me pregunto por ese islote del río. ¿Crees tú que vive alguien allí?

—Tú me contaste una vez una historia acerca de eso —dijo Ned, pensando que a su madre le parecía maravilloso cualquier día en que no sentía dolores.

Se echó a reír y exclamó:

—¡Oh, Ned! ¿La recuerdas? No hacía mucho que habías cumplido los cinco años. Yo todavía era capaz de andar. Sí... te conté una larga historia acerca de un hombre y de su gata.

—Tío Centellas —dijo Ned.

—¡Sí!

—Y la gata se llamaba Aura.

—Aurora —repuso—. Que significa «diosa del amanecer».

Ella enmudeció y Ned observó, a través de la ventana, el río que discurría entre los montes.

—Once años es una buena edad —dijo lentamente—. Me acerqué a esta ventana justo al asomar el sol, aquella mañana de septiembre de 1924, cuando tú naciste. Era un día claro como el de hoy. Pero no tan cálido. No pensaba entonces en el paisaje. Me gustaba, pero estaba

12

tan acostumbrada a contemplarlo que a menudo miraba hacia las montañas, al río y al cielo sin verlos en realidad. Aquel amanecer, me preguntaba quien eras tú. Y luego, al cabo de unas catorce horas, llegaste.

Ned se inclinó para darle un beso de despedida y vio desde muy cerca la gruesa trenza de su pelo rubio enroscada en un rodete sobre su nuca.

Vio una vez a su padre trenzar sus cabellos. Se hallaba en el oscuro pasillo del piso superior, y, por la puerta entreabierta, observó a papá junto a la silla de ruedas con el pelo en sus manos, como una enorme y suave cuerda, trenzándolo con rapidez y fijándolo en la nuca. Papá apoyó entonces una mejilla en la cabeza de ella y Ned, súbitamente tímido e inquieto, bajó por la escalera.

—Debemos ser pacientes y razonables en lo que se refiere a la señora Scallop —le había dicho su madre—. Es una buena cocinera y tu padre se halla tranquilo cuando tiene que marcharse.

Ned sabía que su madre tenía razón y que ambos debían recordarse a sí mismos que la presencia de la señora Scallop también ofrecía una faceta luminosa. Era difícil encontrar algo luminoso en la señora Scallop, cuando en ella todo parecía rojo e inflamado, como en torno a la piel herida tras clavarse una astilla. Hasta las mismas alfombrillas de retales que tejía carecían de la más mínima brillantez; eran de colores apagados y aspecto mohoso.

Antes de que apareciese, la familia Wallis había consumido muchísimas latas de salmón y de guisantes. Las señoras de la iglesia siempre habían tratado de ayudarles, enviando a casa, por medio de papá, cestas para la comida dominical. Pero las señoras tendían a ser parciales en beneficio de los postres. En la despensa se amontonaban durante toda la semana enormes cantidades de tartas, pasteles y bollos que día tras día se deshacían, se ponían rancios y casi lograron que Ned dejara de ser goloso.

A lo largo de los años habían conocido otras amas de llaves, pero parecían espectrales en comparación con la señora Scallop. Ned no podía acordarse de qué comidas hacían. Pero se recordó a sí mismo el alivio que experimentaba por las noches, gracias a la presencia de la señora Scallop en su dormitorio, junto a la escalera posterior; de la tranquilidad que sentía cuando papá tenía que asistir a una reunión de los diáconos de la iglesia, o visitar a un feligrés enfermo.

Aunque no había abandonado la costumbre de permanecer despierto en la cama hasta que oía el ruido que hacían las ruedas del Packard sobre la gravilla de la entrada, ya no sentía el temor que había experimentado tan a menudo cuando estaba solo con su madre, pensando en lo que sucedería si estallaba un incendio o si le acometía un terrible ataque de dolor. ¿Qué hubiera hecho por ella entonces salvo llamar a la operadora de la centralita telefónica y pedir ayuda? Mucho antes de que fuese capaz de deletrear su propio nombre, papá se ocupó de enseñarle a usar el teléfono.

De lo que se hallaba completamente seguro ahora era que, si estallaba un incendio estando ella allí, la señora Scallop sería capaz de bajarles por las escaleras a su madre y a él y sacarles de la casa. Era como una figura de tebeo. Estaba tratando de acordarse del nombre de ese personaje, cuando escuchó el comienzo del Gloria: «Gloria a Dios de quien proceden todas las gracias...».

Vio que papá se retiraba del púlpito. Entonces se acordó del personaje de los «comics» a quien se parecía la señora Scallop: ¡A la forzuda Katinka, capaz de levantar todo un tranvía!

Comprendió que aún tenía en la mano una moneda. Los diáconos se habían olvidado de hacer la colecta. Mientras se extinguía el Gloria, vibró todavía una voz fervorosa de anciana. Pertenecía a la señora Brewster, con quien comerían hoy su padre y él.

Ned permaneció junto a papá a la puerta de la iglesia y estrechó las manos de los hombres y se inclinó ante las señoras. Trató de ignorar a Ben Smith que estaba haciéndole muecas y luego se escondía tras su hermana mayor. Ben hacía las más terribles muecas que jamás había visto, mucho mejores que las de Billy Gaskell que, en la escuela, iba a la misma clase de sexto grado que Ned.

Ben se alzó la nariz, tiró hacia abajo de los párpados inferiores y, al mismo tiempo, sacó la lengua. Ned sintió que le brotaba la risa dentro del cuerpo y trató de concentrar su atención en el señor Deems, que enganchaba su yegua al polvoriento carromato.

Luego, después de que papá y él se hubieron detenido en Tyler para comprar el periódico dominical, y cuando se dirigían a la casa de la señora Brewster, papá dijo:

—Ese chico, Ben Smith, jamás vi a nadie hacer tales muecas. ¿Te fijaste? Parecía exactamente una gárgola.

Ned dejó escapar la risa contenida dentro de él desde que Ben hizo su espléndida mueca y papá rió también.

Cuando papá reía así, Ned evocaba, al punto, el pasado, la época anterior a la enfermedad de su madre. Se imaginaba a los tres bailando en el cuarto de estar, dándose las manos, o saltando de piedra en piedra junto al río Hudson, sobre una orilla fangosa en donde crecían las espadañas, en donde sapos grandes y viscosos se ocultaban entre las rocas, y en donde los días eran siempre soleados. Sabía que no podía haber sido así; sabía que tenía que haber llovido y tronado, que no habían pasado todo el tiempo bailando, saltando de piedra en piedra y riendo al unísono, y sin embargo, lo *sentía* como si hubiese sucedido. Fue aquella una época en que era feliz sin saberlo. Ahora, cuando se sentía feliz, se recordaba a sí mismo que lo era. Se decía: *en este momento soy feliz,* y aquello no significaba lo mismo que una felicidad a la que ni siquiera hubiese que nombrar.

Papá detuvo su coche frente al sendero que conducía a casa de las Brewster. Era vieja, estrecha y se inclinaba un tanto hacia un gigantesco olmo que se alzaba a un costado. Una rama del olivo cruzaba frente a la fachada de la casa, justo bajo las ventanas del segundo piso, como si fuera un bigote.

La señora Brewster y su hija les recibieron con gritos de entusiasmo. La casa olía a queso, a periódicos viejos y a cera de velas. Ned echó una mirada hacia el pequeño comedor, y vio que la comida estaba ya dispuesta sobre la mesa; en una gran fuente, una enorme bola de manteca se había fundido y endurecido después sobre una montaña de espeso puré de patatas, junto a una diminuta porción de carne. En otra ocasión en que fueron invitados a la comida dominical de las Brewster,

Ned dijo que quería repetir con la carne de vaca, y su padre le pellizcó en la rodilla y meneó ligeramente la cabeza, por lo que hubo de manifestar que había cambiado de idea. Después, papá le explicó que las Brewster eran tan pobres como ratas de iglesia, y que resultaba mejor no repetir, pues nunca se sabía lo que costaba a esas mujeres invitarles a comer.

La señora y la señorita Brewster parecían tan viejas que a Ned le resultaba difícil creer que una fuese hija de la otra. Eran exactamente como las mujeres de los ferrotipos pegados en el álbum que conservaban sobre la mesa de pino del cuarto de estar y que Ned siempre miraba cuando, concluida la comida, papá y las Brewster hablaban quedamente mientras tomaban el café. A Ned no le interesaban tales conversaciones, salvo cuando papá reía por un instante a media voz. Entonces sabía que una de las Brewster había dicho algo divertido acerca de alguien de la parroquia. Papá reía del mismo modo cuando Ned imitaba la voz extremadamente grave del señor Deems, o la famosa nota sostenida de la señora Brewster al final de un himno. Pero papá no era una persona maliciosa, simplemente apreciaba el lado cómico de las personas. Ned se sentía más unido con su padre cuando reía que cuando, entristecido, se refería a una persona, diciéndole que era pobre, infortunada o qué debía hacer frente a la adversidad.

Ned salió al patio por la puerta de la cocina. Divisó a lo lejos, por el camino, al anciano señor Deems que regresaba lentamente a su casa, inclinado sobre las riendas, mientras la vieja yegua avanzaba con paso vacilante. El señor Deems vestía su larga y andrajosa capa negra, sujeta al cuello con un enorme imperdible. Nadie a quien Ned conociera le había visto nunca sin aquella capa. Cuando se levantó una ligera brisa, Ned captó el confuso olor del pienso de las gallinas y se encaminó hacia el pequeño gallinero en donde las Brewster criaban algunas aves. Cloquearon y gimieron mientras las observaba. En realidad, no le gustaban las comidas dominicales con personas de la parroquia. Hacían que se sintiera sin hogar, tal como según imaginaba, debían sentirse los chicos del orfanato de Waterville. Dio una

patada a una piedra que había sobre la hierba y las gallinas cacarearon molestas.

—Qué crecido está ya el chico —observó la señorita
Brewster cuando regresó al comedor.

Lo decía cada vez que papá y él comían allí.

—Me parece que ya falta poco para tu cumpleaños
—añadió.

Ned se sorprendió. Los mayores recordaban a menudo cosas que él creía que habrían olvidado.

—Cumplirá once años el miércoles —repuso papá.

—Es un aniversario muy importante —dijo la se-
nora Brewster.

—Todos los cumpleaños lo son —observó la señorita
Brewster— hasta un cierto punto.

Las dos rieron entre dientes.

La luz del sol caía sobre las arrugadas servilletas de
lino, sobre los adornos floreados de las tazas de café, sobre el escarchado, seco y duro pastel de limón. La señora Scallop, pensó Ned, se habría sentido ofendida ante
semejante pastel. Se sentía ofendida varias veces al día,
por el mal tiempo, por lo que decía el periódico, por los
graznidos de un cuervo verde en el viejo arce junto a la
ventana de la cocina.

—Ese cuervo —había dicho a Ned— es decididamen-
te insultante.

Se sintió a gusto cuando estuvieron de nuevo dentro
del Packard, caldeado por el sol, y cuando se alejaron de
Tyler camino de casa. Pasaron entre bosques, todavía de
espeso follaje, aunque las hojas habían tomado ya un
tinte amarillento o cobrizo, entre campos de labor, por
el centro de una aldea que tenía el tamaño de la mitad
de Tyler y parecía enteramente abandonada, y luego junto a un prado en donde un perro blanco, sentado sobre
sus cuartos traseros, contemplaba cinco vacas inmóvi-
les. Pronto vio Ned las laderas occidentales de los montes, más allá de las cuales discurría el Hudson.

Poco más de tres kilómetros después de la desviación a Waterville, la gran población junto al río, llegaron
al abedul bajo el cual, según dicen, se cobijó George
Washington durante una tormenta. Papá levantó la ca-
pota y condujo el coche por un empinado camino de tie-

rra. Tras la primera curva cerrada, aparecía una alta casa de piedra cuyas ventanas estaban siempre cerradas. Después, se extendía un bosquecillo de abedules en donde, de regreso de la escuela, solía remolonear Ned cuando no iba con los otros chicos: Janet, Billy o Evelyn, quienes también regresaban a sus casas por ese camino de tierra.

Papá le dijo que la casa de piedra llevaba vacía muchos años, como la mansión de Makepeace, cuyas tierras lindaban con la de los Wallis y que, como la casa de los Wallis, había sido construida en lo alto de una colina. Ocho columnas de madera se alzaban de su larga galería, en la que había un sofá de mimbre casi podrido y una mecedora que había perdido el asiento como si le hubiera caído encima un peñasco. A través de las polvorientas ventanas, Ned había contemplado habitaciones en penumbra en donde la luz apenas penetraba. Papá le dijo que la Gran Depresión era la causa de que hubiese tantas casas vacías por aquellos contornos. Sólo ahora empezaba la comarca a recobrarse de aquella terrible época, gracias al presidente Franklin Delano Roosevelt. Pero ya era demasiado tarde para que muchas personas pudiesen salvar sus casas; con frecuencia, simplemente las abandonaban.

A Ned siempre se le antojaba un tanto extraño ir en coche por el camino que estaba acostumbrado a recorrer a pie, ver desde la ventanilla del coche el pequeño bosque y el sendero de Makepeace, ahogado por la maleza y la cizaña, con tan sólo uno de los pilares de la entrada en pie, y pasar tan velozmente por el calvero irregular en donde Evelyn Kimball, un año mayor que Ned, vivía en una casa enorme y ruinosa, llena de hermanos y hermanas, y de gatos escuálidos. Divisó a Sport, el perro de los Kimball, corriendo hacia uno y otro lado tanto como le permitía su cadena, y ladrando a las gallinas que picoteaban cerca entre la gravilla. Ned sabía que si una persona se encaminaba directamente hacia Sport, éste se echaría al suelo en el acto, como si tuviera muelles en las patas, y empezaría a mover la cola violentamente. En caso de apuro, la señora Kimball acudiría junto a la madre de Ned, pero le resultaba difícil apartarse de la casa porque tenía demasiados bebés: uno en la cadera, otro colgando de su cuello, y a veces un tercero en su regazo. Al menos esto era lo que le parecía a Ned, quien estaba muy seguro de no haberla visto nunca sin que algún niño se aferrara a alguna parte de su cuerpo.

Ya casi estaban en casa. Allí se hallaba el sendero, de casi medio kilómetro, que trepaba por la larga ladera hasta la casa. El sol poniente hacía brillar las ventanas del desván, e incidía sobre el costado occidental de los nuevos pararrayos que hacía poco había instalado papá. Inmediatamente al otro lado de su camino, estaba la vieja casa del anciano señor Scully. Ned se ganaba treinta y cinco centavos a la semana ayudando al señor Scully todas las tardes, menos las de los domingos. El señor Scully se zurcía sus calcetines, remendaba su ropa y se preparaba sus comidas. Pero cada vez le era más difícil realizar tareas pesadas; así que, en julio pasado, contrató a Ned con objeto de que le cortase leña para el invierno, le diera masilla a las ventanas y fuese hasta la carretera, en donde estaba su buzón, para traerle su periódico y la tarjeta postal que le enviaba de vez en cuando su hija, que residía en Seattle.

A Ned le gustaba aquel sendero que casi desaparecía bajo las lluvias primaverales, y rebosante de piedras que mordían las desgastadas cubiertas del Packard. El estado del camino era una de las dos cosas que suscitaban el enojo de papá; la otra era el tejado, que siempre necesitaba nuevas tablas de ripia.

Durante un instante después de detenerse el coche, Ned permaneció sentado, envuelto en una neblina de sopor mientras su padre recogía del asiento posterior la vieja cartera de cuero y se inclinaba, como siempre hacía, para comprobar el estado de los viejos neumáticos.

—Vamos, Ned... —dijo su padre.

Ned abrió su portezuela, descendió al estribo y luego meneó su cabeza para sacudirse el sopor. Echó entonces a correr hacia el arce que se alzaba sobre un bancal bajo el cual aún florecía el jardín de rocalla de su madre. Se agarró de una rama baja y se columpió sobre el borde. De repente comenzaron a tañer las campanas del monasterio, situado a poco más de medio kilómetro, en la ladera que descendía hacia el río, y la semana pareció escapar a espaldas de Ned. Sin una razón especial gritó «¡Hurra!» y se soltó de la rama.

En la galería, cerca de las ramas inclinadas de un lilo más viejo que la propia casa, había una enorme maleta amarillenta y cubierta de etiquetas. Ned la contempló un segundo y luego gritó:

—¡Tío Hilary!

Su padre dio de pronto la espalda al coche. Ned señaló hacia la galería, y él y papá salvaron a la carrera los tres escalones y se inclinaron sobre la maleta como si fuese el propio tío Hilary. Ned colocó un dedo sobre una etiqueta que decía *Shepeard's Hotel, Cairo,* y luego se precipitó hacia las puertas de rejilla que, debido al tiempo cálido, aún no habían sido desmontadas y guardadas durante el invierno. Cuando penetró en el vestíbulo, oyó reír a su madre. Podía afirmar que se sentía feliz, pues sabía que las visitas del tío Hilary le aportaban la felicidad.

Al final del pasillo, justo tras la escalera, se abría la puerta de la cocina. Allí estaba la señora Scallop con las manos cruzadas sobre el estómago.

—Vino tu tío —le murmuró, como si fuese un secreto.

A partir de entonces tenía el día libre. Ned sabía que su padre se había ofrecido a llevarla todos los domingos a Waterville mientras viviese con ellos, pero jamás aceptó la oferta.

—Ya lo sé —repuso Ned—. Puedo oírle.

La señora Scallop se refugió en la cocina como una sombra que se sumerge en la oscuridad. Qué *tonta* es, pensó Ned. Empezó a subir por la escalera. En el descansillo había manchas de color, reflejo de las tonalidades del cristal de la ventana por donde se filtraba el sol. En el pasillo de arriba, un gran espejo ocupaba un hueco de la pared, y a veces relucía como si despidiera chispas, o como si recibiera la luz del sol del cristal de colores.

Allá enfrente estaba la habitación de mamá con sus ventanas doradas por el sol. Se hallaba echada hacia atrás en su silla de ruedas. En sus rodillas tenía una abigarrada manta medio caída. Frente a ella estaba tío Hilary. Alto y delgado, vestía una cazadora gris ajustada a la cintura; sus pies largos y estrechos calzaban botas bajas. Su pelo era tan plateado como una nube cargada de lluvia y, con las piernas cruzadas, sonreía. Cuánto se parecen, pensó Ned; le resultaba curioso pensar en ellos como hermano y hermana, y no sólo como tío y madre. Tal vez la señora Scallop había estado acertada al murmurar; parecía como si entre ellos existieran antiguos secretos.

Papá llegó tras Ned.

—¡Hilary! Qué gran sorpresa —dijo.

—Hola, Neddy, querido —declaró tío Hilary—. Y hola a ti también, querido James. Debería haber llamado por teléfono, pero hasta el último momento no supe que podría abandonar Nueva York. Tenía que encontrar un lugar en donde trabajar en mi ensayo sobre la Camargue. De repente, un amigo tuvo que salir de la ciudad y me dio la llave de su piso. Pero sólo podré quedarme una noche si me aceptáis. Por la mañana tomaré el tren de vuelta a la ciudad. ¡Ned! Me parece que has crecido una enormidad desde la última vez que te vi. Y eso fue... ¿hace once meses? Pues claro. Y pronto va a ser tu cumpleaños. James, tienes muy buen aspecto.

—Diré al ama de llaves que te haga la cama en tu antigua habitación —anunció papá.

Mamá le lanzó una mirada de advertencia.

—Es la hora de las brujas —le dijo—. La señora Scallop tiene su tiempo libre. No debes molestarla.

—Yo mismo la haré —declaró papá.

—La haremos todos —dijo tío Hilary, poniendo sus brazos en torno de Ned y de papá y abrazándoles.

—Hilary —murmuró mamá— has transformado el día.

Echó de nuevo su cabeza hacia atrás contra el respaldo de la silla de ruedas y sonrió a su hermano.

Había permanecido casi inmóvil durante tantos años, clavada a esa silla, en el lugar a donde la llevara el padre de Ned, que éste creía haber visto todo lo relacionado con ella. Conocía su cara mejor que el rostro de cualquiera. Pero no había contemplado antes aquella sonrisa. Le pareció que tío Hilary y ella sabían algo especial que Ned no podía conocer, y quizá su padre tampoco. Ned se sintió agitado por la irritación como si alguien le hubiese empujado.

—¿Qué tal fue hoy la comida en casa de las Brewster? ¿Puré frío de patatas y pastel seco? —le preguntó mamá.

Observó las pequeñas arrugas a los lados de los ojos, el brillo de sus dientes más bien grandes. Ahora, su sonrisa era para él. Asintió. Su irritación se había esfumado. Pero sintió el rastro de algo extraño, como si la presencia de tío Hilary hubiese transformado también el día para él.

La escopeta

Cuando salieron al pasillo, tío Hilary afirmó que era espléndido alejarse del alboroto de la ciudad, e indicó a papá que era afortunado por vivir en una atmósfera que tanto se prestaba a la meditación silenciosa.

—¿Y eso qué es? —preguntó Ned.

—Un lugar en donde puedes pensar —repuso papá, sonriendo a Ned mientras se detenía ante un armario y recogía ropa de cama para el tío Hilary.

Papá y el tío Hilary se dirigieron al dormitorio vacío, pero Ned se detuvo al advertir que la puerta tras la escalera estaba ligeramente entreabierta. Al final de aquel estrecho pasillo se hallaba la habitación de la señora Scallop. Le pareció distinguirla fugazmente, sentada al borde de la cama de hierro, sin que llegaran al suelo sus piernas fornidas y cortas. Estaba completamente seguro de que ella les había oído, de que a menudo escuchaba al otro lado de las puertas y de que todo lo que oía le colmaba, como si fuese una comilona.

Se quedó un momento ante la puerta de la habitación sobrante y percibió el agradable rumor de las voces de su padre y de su tío. Era un ruido confortante. ¡Aquella vieja casa estaba tan a menudo en silencio! Tío Hilary hablaba acerca del texto que estaba escribiendo sobre algún lugar en el sur de Francia. Recogían los bordes de una manta bajo el colchón. Tío Hilary se inclinó de repente hacia papá y preguntó:

—¿Cómo se encuentra en realidad, James? Parece consumida. El dolor, supongo. ¿Hay algo que puedan hacer por...? —alzó los ojos, vio a Ned y calló.

—Ned sabe todo acerca del estado de su madre —dijo papá, mirando muy serio a Ned—. Para mí es un alivio que lo conozca —añadió.

A Ned le gustó que hablara así al tío Hilary. Ignoraba sin embargo si sus palabras eran ciertas. Sabía que mamá empeoraba a veces; sabía que había también ocasiones en que estaba mejor, cuando era incluso capaz de andar un poco con la ayuda de un bastón. Pero Ned no entendía en realidad cómo fue posible que seis años antes cambiaran tan enteramente sus vidas. Se le antojaba como si de repente se hubieran mudado a otra casa, en otra parte del mundo, una casa cuyos suelos y paredes fuesen de vidrio que, de no tener cuidado Ned, podía quebrarse.

Su cabeza rebosaba de pensamientos acerca de su madre, quizá porque había llegado el tío Hilary. Ned apenas veía a alguien con ella, excepto a papá. Últimamente la señora Scallop no pasaba mucho tiempo en su habitación, excepto el preciso para hacer la cama, limpiar el polvo o traer la comida en una bandeja. Mamá se quedaba muy callada cuando la señora Scallop se encontraba allí, según había observado Ned. Las personas de la iglesia solían visitarla de vez en cuando, pero no había sucedido así el último año. Pensó que sabía por qué.

Una noche en que no tenía sueño, cuando se hallaba tumbado en su cama, Ned oyó decir a mamá:

—¡Jim, por favor! No quiero verles más. ¡No puedo soportar tanta *bondad!* Trata de entenderme... Cuando alguien se siente tan desvalido como yo me siento, esa bondad te ahoga...

Le intrigaron aquellas palabras y se preguntó si era algo como lo que él sentía cuando papá le hablaba con tono de predicador acerca de alguien, pobre, afligido o infortunado.

Volvió hasta la puerta de mamá y la observó. Tenía los ojos cerrados. Papá debía haber encendido la lámpara de la mesilla de noche, pero su luz era débil, y la habitación estaba llena de sombras. La oscuridad colmaba las ventanas, presionando contra los cristales como negro humo. Sin embargo, podía distinguir a lo lejos algunas lucecitas de Waterville. Mamá dormía. Deseó que no fuese así. Si mamá le hablase podría ser capaz de dejar de pensar en ella tan intensamente. A veces era capaz de olvidarla por completo. Eso sucedía sobre todo cuando se hallaba al aire libre. Entonces, si por casualidad volvía la vista hacia la casa, a las ventanas del segundo piso, la imaginaba sentada en su silla de ruedas, con sus manos y sus dedos retorcidos sobre la bandeja de madera que podía alzarse por un lado y sujetarse por el otro, de tal modo que se hallaba tan aprisionada como un bebé en su sillita alta.

No siempre podía correr hacia su habitación y verla cuando lo deseaba. Pero a veces papá le decía:

—Tu madre está recién lavada y se siente a gusto, ¿por qué no le subes el té, Ned?

Entonces ascendía por la escalera, preguntándose por qué, a medida que subía, se agitaba más el té. Se observaba por un instante en el espejo del pasillo, mordiéndose los labios, temeroso de dejar caer la taza de té caliente —hasta ahora nunca había sucedido—, penetraba quedamente en la habitación, y depositaba el té frente a ella, con la raja de limón en un platito. A veces, estaba enmohecido porque papá no había tenido tiempo de ir a la verdulería de Waterville para comprar limones frescos.

—Bien, Ned —decía ella, apartando los ojos de las ventanas y mirándole. Algunos días sonreía débilmente, y él sabía que se sentía mal, que aquella sonrisa era todo lo que podía dispensarle, que tenía que tener mucho cuidado de no moverse, que él a su vez debía extremar sus precauciones con la taza de té para que no se derramara. Por lo que decían, nunca mejoraría, tendría días buenos y días malos, y eso era todo.

Había noches en que le despertaban las voces de sus padres. La de ella era aguda y angustiada, la de su padre firme y persuasiva, semejante a la que resonaba desde el púlpito de la iglesia. Y mientras Ned escuchaba en su habitación a la que llegaban el brillo de las estrellas, la luz de la luna o una oscuridad tan intensa que envolvía su cara, sabía que el dolor le había despertado, y que su padre trataba de convencerla de que se calmara.

Cuando callaban, sin que él pudiera recobrar el sueño, vagaba a menudo por la casa. Desde que había aparecido la señora Scallop, le ponía nervioso subir por la estrecha y crujiente escalera que desde el final del pasillo llevaba al desván. Sin embargo, aquella ascensión tenía algo de emocionante; ¡siempre existía la posibilidad de derribar algún antiguo número del *National Geograhic* del montón que había en el polvoriento rincón de un peldaño, o tropezar, haciéndose daño en el dedo gordo de un pie, o derribar una caja con millares de botones que descenderían en cascada por la escalera hasta el mismo umbral de la señora Scallop, quien se despertaría asustada! La idea de este despertar le hacía estremecerse y reír al mismo tiempo.

En el desván, se abriría camino entre grandes y viejos baúles y cajas, los montones de libros y revistas y los muebles rotos hasta llegar a una de las ventanitas desde donde podía ver el río, si la noche era clara. Cuando permanecía allí de puntillas, aferrado con sus manos al alféizar aún sin rematar, se sentía como si fuese la única persona despierta en toda la enorme y vacía noche.

Bajaba luego por la escalera y pasaba ante la habitación vacía, ante la de su madre y ante la pequeña estancia en donde su padre dormía; dejaba atrás el espejo del pasillo y descendía al piso inferior, hasta el cuarto de estar con su oscuro empapelado de sauces que eligió su abuela, muerta antes de que él naciera. Para entonces, sus ojos se habían acostumbrado ya a la oscuridad y era capaz de distinguir el brillo de los plateados amentos de los sauces. Entraba en el comedor y tocaba el camello de la pantalla de cristal; penetraba en la despensa con su olor a pastel rancio, al avinagrado de la fregona y a manzanas pasadas, y después en la enorme cocina cuyo agrietado linóleo podía morder sus pies descalzos como si de hormigas rojas se tratase. Antes de volver arriba, se detenía un momento en el despacho de su padre, probando las maderas del suelo hasta hallar la que crujía. Entonces se hallaba ya listo para regresar a su cama y dormir.

Ned podía visitar a su madre casi cada día, aunque sólo fuese por un minuto o dos. Al principio, entablaba con ella una conversación no muy diferente de las que sostenía con otras personas mayores, con su profesora, la señorita Jefferson, o con miembros de la congregación de su padre, como las Brewster. Si podía pasar largo tiempo con ella, la conversación variaba. Tomaba un pequeño taburete, lo acercaba a la silla de ruedas y se sentaba allí. Le contaba lo que había hecho aquel día, lo que había visto, e incluso lo que había pensado. Esto era, al parecer, lo que más le interesaba a ella.

Cuando le traía flores silvestres en primavera o en verano, ella le decía el nombre de cada una. Si era capaz de hallar una piedra curiosa, ella le explicaba de qué minerales se componía. Si describía un pájaro, podía a veces decirle cómo se llamaba. Concluida esta parte, y dejadas a un lado las flores con la piedra, ella le preguntaba en qué pensaba.

—¿Qué hay más allá de todo? —preguntó Ned una vez.

—¿La Tierra?

—Me refiero al cielo. ¿Qué hay más allá del cielo y de las estrellas?

—Nadie lo sabe —repuso.

—Tiene que haber algo —dijo él—. No es posible que no exista nada. ¿Verdad?

—Tu padre diría que Dios.

—¿Qué dirías tú? —inquirió un tanto inquieto e interesado porque ella tuviese una idea diferente de la de su padre.

—Pensar en eso es demasiado extraño para que quepa dentro de mi cerebro. Tal vez suceda como con aquellas muñecas que te trajo de Hungría tío Hilary cuando eras pequeño. ¿Recuerdas? Debían ser unas diez, y cada una encajaba dentro de otra, hasta llegar a la más pequeña, que no era mayor que una uña tuya. En el universo, tal vez, se prolonguen eternamente las muñecas, siendo cada vez más grandes.

Ned sabía siempre en qué momento su madre comenzaba a cansarse. Ignoraba cuándo comenzó a darse cuenta de ello. Advertía una ligera tensión en un músculo; sus hombros se encorvaban. Entonces se alzaba del taburete y besaba su mejilla, que era tan suave como la franela de su pijama más viejo. Su piel tenía algo de tejido. Le entristecía por un instante, aunque no sabía por qué.

No pensaba con frecuencia en la anomalía de que su madre fuera una inválida. Pero cuando acudía a visitar a algún amigo de la escuela, o si pasaba la tarde con un chico de la escuela dominical cuando la iglesia exigía de su padre más horas de trabajo, le extrañaban los ruidos y el estruendo de la casa, los gritos de su amigo llamando a su madre, los portazos, la brusquedad con que se cerraban las ventanas y las carreras subiendo y bajando las escaleras. ¡Era tan distinto en su casa! No sabía en qué época aprendió a andar quedamente, pero estaba seguro de que nadie era capaz de hacer menos ruido que él. Si traía a alguien para jugar, lo que no sucedía a menudo, se quedaban fuera o, si llovía, en la galería.

—¿Cuándo te pusiste enferma? —preguntó Ned a su madre en una ocasión en que había concluido la conversación habitual y estaban charlando realmente. Él acababa de tocar la falda de su vestido; siempre llevaba trajes claros y bonitos.

—Cuando tú tenías cinco años —repuso—. Pero creo que la enfermedad estuvo incubándose mucho antes.

—¿Y eras capaz de correr antes de eso?

—Sí, podía correr y corría. Y montaba en mi caballo, Cosmo. Podía cogerte y voltearte en el aire.

—Luego... —empezó a decir.

—Luego cayó el hacha —dijo ella.

Cayó el hacha. Se repetía ahora a sí mismo aquellas palabras, cuando mamá abrió los ojos y se volvió para mirarle. Le sonrió. Había sido como un árbol, pensó, y luego lo cortaron.

La señora Scallop no cocinaba durante su tiempo libre. Un domingo, después de que Ned hubiera acabado su cuenco de cereales y gayubas, le preguntó qué iba a cenar ella.

—La señora Scallop —le respondió, hablando de sí misma en tercera persona como hacía frecuentemente— nunca cena los domingos.

Aquella noche papá hizo tortillas y cortó algunos tomates, que espolvoreó con azúcar para consternación de tío Hilary.

—¿Por qué teme América el aceite de oliva? —preguntó sonoramente, llevándose las manos a la frente como si le doliera la cabeza.

Papá se sonrió y no pareció preocuparse por la pregunta de tío Hilary. Ned pensó que se *habría* preocupado si hubiese visto cómo le hacía un guiño tío Hilary desde el otro extremo de la mesa mientras su padre, con los ojos cerrados, daba gracias por los alimentos que iban a recibir.

Tras la cena, tío Hilary y papá se sentaron a charlar en el cuarto de estar, y Ned se tendió en el suelo con unos tebeos. Siempre los leía en el mismo lugar, entre la radio y la mesa de la biblioteca. Sobre la radio descansaba la escultura en bronce de un león, alzando una garra sobre la cabeza de un ratoncito que le miraba «audazmente», según decía papá. Ned no estaba seguro de eso. En la mesa de roble de la biblioteca había periódicos doblados que su padre guardaba durante una semana antes de tirarlos, un abridor de cartas de plata ya ennegrecida, un montón de ejemplares recientes del *National Geographic*, una lupa y unas tijeras con incrustaciones de nácar. A Ned le gustaba la mesa de roble y todo lo que había encima. Cuando concluyó los tebeos giró sobre sí mismo y se quedó recostado contra una de sus gruesas patas. Papá estaba diciendo que llevaban una vida sencilla en comparación con la del tío Hilary.

—No hay nada malo en una vida sencilla —afirmó tío Hilary con una breve sonrisa que parecía indicar que *había* algo malo al respecto—. Yo me harto de hoteles, trenes e idiomas que ignoro y ¡ah, pobre estómago mío, las cosas que tengo que echarle! Ojos de cordero y guisado de bofe...

—Y tomates con azúcar —le cortó, riendo, papá.

Tío Hilary pareció un poco desconcertado, pensó Ned, como si hubiese supuesto que él era el único que podía gastar bromas. Luego dijo:

—Creo que a Ned le haría mucho bien. Nunca ha estado fuera de aquí.

—¿Te gustaría eso? —preguntó de repente papá a

Ned, agachándose un tanto para poder verle bajo el borde de la mesa—. Tío Hilary quiere llevarte de viaje durante tus vacaciones de Navidad.

El corazón de Ned le dio un vuelco. Quería gritar: ¡sí! Había algo en la voz de su padre que no había entendido; se sintió inquieto. Si decía que sí, que quería ir con tío Hilary ¿creería papá que deseaba alejarse de él?

—¿Vendrás tú también? —preguntó.

—Ned, sabes que no puedo dejar a tu madre, —repuso papá con acento de reproche.

—He de pensar en un lugar al que llevarte que se acomode exactamente a los diez días —dijo tío Hilary.

—Sal de debajo de la mesa, Ned —declaró papá con esa paciencia especial que mostraba cuando estaba tratando de no enfadarse. Nes se puso en pie.

Las visitas de tío Hilary eran siempre breves. Probablemente resultaba mejor así, pensó Ned. Había advertido que su padre se revelaba a menudo susceptible cuando su cuñado se hallaba con ellos. A tío Hilary le gustaba burlarse de papá, como lo hizo cuando echó azúcar a los tomates.

—Las islas de la bahía de Georgia están demasiado lejos —manifestó pensativo tío Hilary—. Pero quizá podamos ir a Nag's Head.

—¿Y bien, Ned? —preguntó su padre.

Tío Hilary le sonrió. Parece como electricidad, pensó Ned, y eso le hizo sonreír.

—Creo que me gustaría ir —dijo su tío.

—Sí, quiero que vayamos —respondió Ned, mirando a papá.

—Magnífico, entonces —repuso su padre. Apartó los ojos de Ned para dirigirlos a la ventana y añadió—. Me parece que esta noche tendremos ya la luna llena de septiembre.

—Neddy, voy a darte tu regalo de cumpleaños. Me iré por la mañana, mucho antes de que te vayas a la escuela, es decir si ese tipo viene con su taxi a la hora convenida.

Salió al vestíbulo. Ned tenía una estantería llena de regalos del tío Hilary, monedas y huesos fósiles, un pedazo de jade brillante y de color espinaca, de China; una jarra hecha de lava arrojada por el Vesubio; una mariposa de México en una caja de cristal y, lo mejor de todo, una cabra en bronce, de Grecia, tan pequeña que podía ocultarla en su mano.

Ned se acercó a su padre y se inclinó contra él. Papá tomó su mano y la oprimió ligeramente. Ned no se sentía enteramente a gusto.

—¿Quieres que no vaya? —murmuró.

Papá se volvió para mirarle.

—Me parece que lo pasarás bien —replicó—. Empiezo ya a hacerme a la idea.

Tío Hilary regresó con una caja larga y estrecha, envuelta en un papel pardo y atada en varios lugares con un grueso cordel.

—Me parece que es él quien debería abrirla —declaró tío Hilary, al tiempo que dejaba la caja en el suelo.

Ned tomó las tijeras de la mesa, se arrodilló, cortó el cordel, retiró el papel y alzó la tapa de la caja.

Si hubiese hecho una suposición sería la última cosa que habría imaginado, aunque hubiera tenido cien oportunidades. La habitación estaba tan silenciosa que podía oír la respiración de los dos hombres. Recogió la escopeta de aire comprimido y se sentó sobre sus talones.

—Maravillosa —dijo, mirando a su tío quien asintió rápidamente, como si quisiera asegurarle que lo que tenía en las manos *era* verdaderamente una escopeta.

—Está cargada —añadió el tío Hilary—. Lista para disparar. Ya era hora de que tuvieses un regalo de chico, en vez de un viejo hueso o un bicho muerto o una moneda antigua que no te serviría para comprarte una peladilla.

—Esos huesos, bichos, monedas y tallas que trajiste a Ned eran espléndidos —dijo papá alzando la voz—: símbolos, claves del pasado, indicios para suponer e imaginar.

—Feliz cumpleaños, Ned —declaró tío Hilary perplejo.

—¿Qué cabe imaginar junto a una escopeta? —preguntó papá en el mismo tono de voz—. Hilary, tu regalo no es exactamente...

Las manos de Ned se aferraron a la escopeta.

—Algo muerto —prosiguió papá, un tanto más bajo—. Eso es lo que imagino junto a una escopeta.

—Yo había pensado que se ejercitara en el tiro al blanco —añadió tío Hilary de un modo tenso—. Pensé en que adiestrara su puntería...

—Quizá dentro de unos años —dijo su padre, como si su tío no hubiese hablado—. Cuando cumplas los catorce, Ned, si todavía quieres aprender a tirar...

—Papá —protestó Ned—, ¿no te acuerdas de cuando me llevaste a la feria? Me dejaste probar en la caseta del tiro al blanco, y el hombre dijo que tenía buen ojo y una mano firme. ¿No lo recuerdas ya?

—Eso era un juego —repuso papá—. ¡Oh, Hilary, deberías haberme consultado antes acerca de esto!

—Pensé, James, que te entusiasmaría que Ned acabase con alguna de las ardillas que te destrozan las vigas del tejado. Siempre te quejas de esos animales.

—Eso es justamente lo que no quiero que haga —dijo papá. Su voz cobró un tono conciliador—. Hilary, yo sé que Ned aprecia tu generosidad. También yo la estimo. Pero he de decir que no es el momento. Guardaré la escopeta. Puede ser de Ned cuando se haga mayor.

Papá tendió la mano hacia el arma. Cuando Ned se la entregó, pensó por un instante que los dos hombres podían empezar a pelear. Tío Hilary había dado un paso hacia papá como si se hallara dispuesto a arrebatarle la escopeta. Papá adelantó la mandíbula y sus ojos se empequeñecieron. Luego tío Hilary dijo:

—Siento haber creado esta dificultad.

Salió de la habitación en el mismo momento. Ned percibió sus pasos rápidos escaleras arriba.

—Sé, Ned, que estás decepcionado —susurró papá. Puso su mano sobre el hombro de Ned. Lo sintió como si fuese de piedra.

—Te pido, Ned, que confíes en mí —dijo.

Ned tenía los ojos clavados en los dibujos grabados en la escopeta que papá sostenía con el cañón hacia abajo. Parecía como una gran ave en vuelo.

—¿Confiarás en mí? —preguntó de nuevo su padre con tono más insistente.

La habitación parecía haberse tornado insoportablemente cálida. Ned asintió con lentitud. Su padre retiró la mano y Ned se acercó a la radio, haciendo descender un dedo por el musculoso lomo del león de bronce. El dedo se cubrió de polvo. Imaginó a la señora Scallop diciendo:

—La señora Scallop no quita el polvo a los leones.

—Son muchos los accidentes con armas, Ned; algunos pierden la vista así o se quedan inválidos.

—Yo sólo dispararía a latas viejas —repuso Ned—. No tiraría a una ardilla.

Dio la espalda al león y vio en el rostro de su padre una expresión que no le gustaba. Era la simpatía que surgía a menudo cuando decía no a algo que Ned quería. El *no* era suficientemente malo; la simpatía resultaba horrible.

—Deja de pensar en eso. Habrá otros regalos —añadió papá.

Ned asintió, sabiendo que si no lo hacía, su padre le retendría en la habitación hasta que asintiera. Pasara lo que pasase, su padre siempre se afanaba por llegar a un entendimiento. Ned subió la escalera, camino de la pequeña habitación sobre la galería, de la que papá dijo que podría emplear para estudiar. Al cruzar por el pasillo, vio que la habitación de su madre estaba a oscuras, pero había una línea de luz bajo la habitación de tío Hilary. En su estudio, se echó sobre el viejo sofá de crin que papá había puesto allí. Miró hacia la mesa, en la que había un montón de tarjetas postales; algunas eran de tío Hilary, pero había otras que encontró en el desván. Su álbum de sellos estaba en el suelo, abierto por la hoja correspondiente a Ruanda-Burundi. Se hallaba en blanco. Observó la estantería en la que se alineaban los regalos que había ido recibiendo de tío Hilary a lo largo de los años. Nada tenía que hacer con ellos; allí estaban, sencillamente polvorientos.

Oyó los pasos de su padre camino del desván. Luego, era allí a donde llevaba la escopeta. Su padre no la escondería. Lo doloroso era que si bien Ned no siempre confiaba en su padre, éste siempre confiaba en él, y eso le parecía injusto, aunque no podía explicar por qué.

La única cosa en el mundo que le haría entonces

sentirse mejor, sería volver a tener en sus manos la escopeta, sentir su peso, examinar cada detalle muy atentamente. Si era capaz de lograrlo sólo una vez, se olvidaría del arma como le había pedido su padre.

No había puerta en el estudio de Ned, tan sólo una pesada y vieja cortina de terciopelo que colgaba de un travesaño. Papá la descorrió e introdujo su cabeza.

—Buenas noches, querido Ned —dijo.

—Buenas noches, papá.

—No te quedes hasta muy tarde.

Poco a poco se extinguieron los sonidos nocturnos de la vieja casa, hasta que todo lo que quedó fueron los crujidos y suspiros de la vieja madera de entarimados y vigas. A la luz de la luna anaranjada, que parecía dos veces más grande de lo habitual, podía distinguir claramente las ramas del arce. Con viento, incluso con la más ligera brisa, chocaban contra la ventana de su estudio. Papá decía muchas veces que deberían podar el árbol, pero a Ned le gustaba el ruido que producían las ramas.

Siempre le habían entusiasmado las visitas del tío Hilary. Pero no esta vez. Empujó el sofá hacia la parte iluminada del suelo. Del bolsillo de su pantalón cayó una moneda. Eran los cinco centavos que no había podido entregar aquella mañana en la colecta de la iglesia. La mañana se le antojaba ya a una semana de distancia. Lanzó la moneda contra un rincón, de la misma manera que hubiese lanzado una canica. No se molestó en buscarla. La luna de septiembre había inundado toda la casa con charcos, torrentes y delgadas cintas de luz. Mientras Ned iba de ventana en ventana, con los zapatos en la mano para no hacer ruido, perdió la noción del tiempo; la casa parecía flotar por encima de los extensos prados que descendían hacia el Hudson y la tierra del norte, limitada por el bosquecillo de pinos en cuyas ramas, a menudo, se sentaba Ned en el verano para leer un libro. Desde los ventanales del cuarto de estar pensó que alcanzaba a distinguir la blanquecina y fantasmal mansión de Makepeace; hacia el sur, más allá de la lejana línea de arces.

Apoyado contra la mesa de roble de la biblioteca, divisó los edificios oscuros y estrechos del asilo, al otro lado del Hudson. Una vez, papá le llevó hasta allí para visitar a un feligrés que había prendido fuegos por toda la aldea de Tyler.

Ned recordó que jugó con un caballo de madera bajo un gran olmo, mientras su padre estaba en el edificio de ladrillo rojo, cuya galería se hallaba herméticamente cerrada por una negra rejilla de alambre, y cómo alzó la vista en una ocasión, y le pareció distinguir que le observaba un rostro pálido y redondo, semejante a una pequeña luna.

Aunque aún se conservaba el calor del día, Ned se estremeció como si hubiese sentido el frío del invierno. Pasó del vestíbulo a la cocina, y permaneció un rato escuchando junto a la escalera posterior.

Le cosquilleaba el cuero cabelludo. Empezó a subir, reteniendo la respiración al pasar ante la habitación de la señora Scallop. Con el rabillo del ojo la vio tendida en su cama, un pequeño promontorio como un pastel que se hubiera hinchado en el horno. Percibió en el aire un tenue revoloteo que era casi un ronquido.

Subió a gatas la escalera del desván, desplazándose cautelosamente entre las pilas de revistas. La luna había perdido su tono anaranjado; ahora la luz era pálida, más débil, pero bastaba para revelar los detalles de los montones de libros, cajas, baúles, cajones, cestas y fardos.

La escopeta no estaba allí, sino en una habitación a medio terminar, en la esquina del desván. Ned la encontró casi enseguida, como si poseyera una voz que le llamase.

Podía oír los fuertes latidos de su corazón cuando se puso en cuclillas y colocó sus manos sobre la caja. Al cabo de un rato, se dirigió al punto de donde arrancaba la escalera del desván y escuchó.

Regresó a la pequeña habitación, abrió la caja y extrajo la escopeta. La aferró entre sus manos, se puso en pie, fue hasta la escalera y regresó a la cocina sin hacer ruido alguno. Apoyó la escopeta contra la pared y retornó para recobrar sus zapatos.

Cuando estuvo al aire libre y ya lejos de la galería, se sentó en el suelo y se calzó los zapatos. Sabía que entonces tendría que probar la escopeta tan sólo una vez. Luego sería capaz de hacer lo que su padre le había dicho, olvidarse del arma.

Volvió los ojos hacia la casa. Su sombra, enorme, negra, casi informe, se extendía por el suelo. En torno de él se alargaban las sombras, más pequeñas, de los árboles.

Empezó a avanzar por el sendero, que se doblaba, fuera ya de la vista de la casa, hacia la pequeña cuadra en donde su padre guardaba el Packard cuando el tiempo era malo. Cuando el sendero llegaba al cobertizo, estaba ya casi cubierto de maleza e hierbajos. Era una cuadra vieja, mucho más antigua que la casa. Piedras apenas desbastadas constituían su base; la yedra cubría buena parte del tejado medio hundido. Mamá le dijo que aquí guardaban a Cosmo, su jaca negra, y que por las noches ella solía escuchar sus ligeros relinchos, y cuando golpeaba el suelo con su casco.

El cielo nocturno había cambiado; tenues nubes cruzaban ante la luna. Por un momento, sopló una ligera brisa que agitó las hierbas altas en torno de la cuadra. También crecía la hierba dentro. No pasaría mucho tiempo, había dicho papá, antes de que la cuadra se viniera abajo. Pero, sencillamente, carecía del dinero o del tiempo preciso para evitarlo.

El oído de Ned se aguzó. Podía percibir los soñolientos sonidos de las aves, el paso de algún ratón campestre, o quizá de un mapache cuando se movían entre las hierbas secas de los campos.

Se llevó la escopeta al hombro, como recordaba haberlo hecho cuando estuvo en la caseta de tiro al blanco, el día en que su padre le llevó a la feria. Apuntó a lo largo del cañón, fijándose primero en los pinos, y luego girando muy lentamente en un amplio círculo que siguió la sierra oriental, el río y el promontorio occidental del monte Storm King; apuntó alto, por encima de los arces que ocultaban en parte la mansión de Makepeace, y luego a la ladera tras la que se alzaba su propia casa, hasta dar un giro completo y volver a enfrentarse contra un costado de la cuadra.

Cuando cerró el ojo izquierdo y abrió por completo el derecho, distinguió una oscura sombra contra las pie-

dras, a las que la luz de la luna había tornado del color de la ceniza. Por unas décimas de segundo, le pareció viva aquella sombra. Antes de que pudiera pensarlo, su dedo había presionado el gatillo.

Hubo un rápido siseo, el sonido que hace una codorniz cuando surge de la maleza, y luego el silencio. Estaba seguro de que no había habido ningún ruido capaz de despertar a nadie en la casa, y sin embargo, había percibido algo, una especie de tenue agitación en el aire. Se acercó al cobertizo. La sombra había desaparecido. No había nada. Como si sólo hubiese soñado que había disparado la escopeta.

Cuando caminaba por el sendero de vuelta a casa, se sintió cansado y torpe. Le parecía que transcurriría mucho tiempo antes de que pudiera introducirse entre las sábanas y dormirse. A su costado, la escopeta se balanceaba en su mano. Había perdido todo interés por el arma.

Cuando llegó a la vista de la casa, casi perdida ahora entre la oscuridad porque las nubes cubrían el cielo, alzó los ojos hacia el desván a donde tendría que llevar el arma para volver a guardarla en su caja.

Se quedó absolutamente inmóvil. Estaba seguro de que allí, contra el cristal, había una cara que le observaba al igual que, años atrás, le había mirado aquella persona del asilo a través de la espesa y negra rejilla.

El anciano

—Feliz cumpleaños, Ned —dijo su madre.

Ya estaba vestida y en su silla de ruedas. Desde la puerta, pudo ver que sujetaba algo en sus manos.

—Ven aquí —añadió.

Algunas mañanas iba andando a la escuela, y otras, papá le llevaba en el Packard. Pero invariablemente, la puerta de su madre se hallaba cerrada cuando él pasaba por allí de puntillas, con los libros de la escuela bajo el brazo, y bajaba a desayunar. No conseguía recordar que nunca se hubiera levantado tan temprano para felicitarle por su cumpleaños. Eso quería decir que papá había madrugado para peinarla, ayudarla a vestirse y a sentarla en la silla. Dejó caer sus libros sobre la cama cuando se acercó. Se sintió tímido; no estaba acostumbrado a ver a su madre al comienzo del día.

Las manos de ella se abrieron. En las palmas había un reloj de bolsillo, de oro, y casi tan delgado como una oblea. Su cadena se enrollaba entre sus dedos como una dorada culebrilla.

—Este reloj era de mi padre —dijo—, ahora es tuyo.

Y lo alzó para entregárselo. Él lo tomó y se lo llevó al oído. Su tictac era muy quedo.

—Por ahora, tenlo en la mesilla de noche. Cuando vayas a la universidad, podrás llevarlo en el bolsillo. Siempre sabrás qué hora es.

Observó las manos de su madre como siempre hacía.

Las articulaciones de los pulgares estaban más hinchadas que el día anterior.

—Gracias, mamá —respondió.

—Creo que eras demasiado pequeño para que puedas recordar a tu abuelo. Sé que le habría entusiasmado saber que su reloj es ahora tuyo. Sus iniciales están por detrás, ¿ves? Se lo regalaron cuando se retiró del periódico en Norfolk.

Advertía cálido el reloj en su mano, como si estuviese vivo.

—Tío Hilary dejó para ti un *écu*. Lo tiene papá. Es una moneda francesa de oro, muy antigua. Me parece que éste es un cumpleaños dorado.

Sonrió. Ned pensó que parecía insegura. Advirtió que quería decir algo más, y que estaba buscando las palabras. Experimentó una repentina impaciencia y deseó haberse ido, hallarse fuera de la casa y ya en camino. Era algo que no sentía a menudo cuando estaba con ella. Pero aquel día se había despertado inquieto y con prisas.

—Siento lo de la escopeta —le dijo lentamente, mirándose a las manos—. Él comprendió que antes de dártela debería haber hablado primero con tu padre.

Ned se sintió enrojecer. Ahora su madre le observaba. Rehuyó su mirada.

—Tampoco a mí me gustan las armas —repuso ella en voz baja—. Me dan miedo.

Silencioso, incapaz de hablar, sintió como si estuviese mintiéndole.

—¡Oh, Ned! —exclamó—. ¡Yo también lo siento!

—Tengo que irme —murmuró. Salió de la estancia retrocediendo y corrió escaleras abajo.

Su clase le cantó «cumpleaños feliz». Algunos de los chicos hicieron una mueca y algunas de las chicas rieron entre dientes. La señorita Jefferson había traído dulces confeccionados por ella y una cesta de manzanas. En honor de Ned leyó un capítulo de *La llamada de la selva* de Jack London. La atmósfera del aula era sofocante, casi tan cálida como si aún fuese agosto. Los otros chicos le observaban, luego se miraban entre sí, y sonreían de vez en cuando, como se comportaban siempre que era el cumpleaños de alguien, como si existiera algo que una persona hubiera hecho, realizado. Y no hay nada de eso, se dijo a sí mismo, simplemente un día que llega.

Por la tarde, la señora Scallop llevó a la habitación de mamá la tarta que había hecho para él. Papá trajo una gran jarra de limonada recién hecha y los regalos de Ned. La señorita Brewster le había enviado *La isla del tesoro* y la Sociedad Benéfica de Damas de la iglesia una antología de poemas de Rudyard Kipling. Papá le entregó una nueva chaqueta para el invierno, un libro titulado *Robin Hood y sus alegres compañeros*, y un atlas para que pudiera saber en donde estaban los países de los que procedían los sellos.

—Tienes que apagar todas las velas de una vez, puesto que de otro modo te sobrevendrá un extraño destino —le advirtió la señora Scallop.

Su madre rió a carcajadas.

—¡Oh, señora Scallop! —exclamó—. ¡A todos nos alcanza un extraño destino!

Ned las apagó. Todos aplaudieron y él cortó la tarta y distribuyó los trozos. La señora Scallop le ofreció la esterilla más horrible, pensó Ned, de todas las que le había visto hacer. Estaría muy bien junto a su cama, le dijo ella, y le resultaría muy cómoda de pisar cuando cambiase el tiempo. Ned se sintió a gusto cuando pudo hallarse a solas en su habitación. Encontró un montón de relatos sobre animales que había ido recortando de los periódicos a lo largo de los años y que guardaba en una vieja caja de zapatos. Experimentó un cierto embarazo al seguir leyendo a su edad a Thornton Burgess, pero resultaba agradable contemplar durante mucho tiempo una ilustración de un rollizo conejito ante un árbol o en una huerta. Su cumpleaños estaba ya casi concluido. La casa se hallaba en silencio, sin más ruido que el del goteo de la descarga del inodoro que su padre era incapaz de arreglar de modo permanente.

De repente, rompió el puñado de relatos y arrojó los pedazos a la papelera. El reloj de oro hacía tictac sobre su mesa, junto a la pila de sus nuevos libros. En realidad, había sido éste un día muy duro. Sabía que todo era por obra de la escopeta, de su preocupación por lo que había hecho. En tan sólo unos días, esa preocupación había llegado a formar parte de todo lo que pensaba al respecto. ¿Había distinguido en realidad un rostro que le observaba desde la ventana de la casa? Si fue así tuvo que tratarse del rostro de la señora Scallop. Pero si había sido ella —y si reparó en la escopeta— ¿por qué no había dicho nada? Tal vez llevaba la escopeta de tal modo que ella no pudo verla. ¿Habría hecho el disparo un ruido más fuerte de lo que creyó, y que la hubiese despertado?

Como si se hubiese deslizado en la habitación, ante él apareció el muro de la cuadra; percibió un atisbo de movimiento, una agitación bajo la luz de la luna o las yerbas altas que se inclinaban bajo la brisa, algo que atrajo el arma hacia allí y determinó que el dedo accionara el gatillo. Cuando meneó la cabeza, todo aquello desapareció. Deseaba que no hubiera venido tío Hilary.

Papá le había dicho que dejara de pensar en aquello. Pero se le había metido *dentro* de la cabeza. Podía decir a papá lo que había hecho. Al fin y al cabo, papá no le azotaría con una correa, como había oído que, por la más ligera falta, azotaba a Billy Gaskell, su padre. No, papá se limitaría a mirarle, serio y decepcionado. Pero le perdonaría.

Ned puso su cabeza sobre la almohada. En algún momento se quedó dormido.

. . . .

El calor persistió durante cuatro domingos más. Las flores dispuestas en torno del púlpito se marchitaban en una hora. El anciano señor Deems, abotargado por el calor, roncaba con tanta fuerza que el zumbido entrecortaba los himnos. Y desde la iglesia a casa, el viento que penetraba por las ventanillas del Packard parecía proceder directamente de un horno.

Mientras Ned tomaba su temprana cena dominical en la galería, el cielo centelleaba como si fuese de fuego, y las campanas del monasterio, tocando a vísperas, parecían abrirse camino entre ardiente alquitrán.

Se levantó para ir a ver a su madre. Un abanico de palmito yacía sobre la bandeja, y ella estaba inclinada encima. La abanicó durante unos minutos y ella le sonrió agradecida.

—Una persona puede imaginar cualquier cosa excepto el tiempo —murmuró.

El río lucía un color azul tinta, y parecía tan inmóvil como el agua de un estanque.

—¿Te encuentras bien, Neddy? —Su pregunta le sorprendió. Aquellas palabras, aunque corrientes, tenían un acento de apremio, y sus ojos se clavaban en él como si fuesen derechos al doloroso lugar de su mente.

—Tengo que escribir una poesía acerca del otoño —dijo apresuradamente—. He de entregarla mañana y aún no he empezado.

Apoyó su cabeza en el respaldo y le observó en silencio.

—Bueno, he pensado escribir acerca de los gitanos que papá y yo vimos hoy, junto a la carretera de Waterville, con dos remolques —hizo una pausa por un instante, advirtiendo el interés que asomaba a sus ojos, tan evidente como una luz del sol—, y muchísimos perros negros y escuálidos alrededor, y todas las mujeres con vestidos de colores chillones. Papá dice que suelen aparecer en octubre.

—Es una idea maravillosa, Ned —dijo—. Gitanos en el otoño.

Tenía que hacer en casa ese trabajo escolar, pero aún le quedaba una semana de plazo para entregarlo, y no se trataba de una poesía, sino de una descripción de la naturaleza. Había podido engañar a su madre. Aquello le hizo sentirse un tanto a disgusto.

Una mentira tan bien construida, como una cajita que pudieras hacer con clavos, tablitas y goma. Pero la verdad queda extendida por todo el lugar como todo lo que existía revuelto en el desván. Al pensar en el desván, en la habitación sin terminar y en lo que allí había, sintió como una gigantesca mano pesada sobre su boca.

Su madre le observaba. Súbitamente supo que trataba de *leer* en su cara y experimentó una extraña sensación de alivio. No había conseguido convencerla; aunque no podía entenderlo, aquello hacía que se sintiese más seguro.

La mañana siguiente, el último lunes de octubre, se inició cálida, pero Ned advirtió algo diferente en el aire. Tal vez era la absoluta quietud de las hojas y de las hierbas, una especie de espera.

Ned y los chicos con quienes regresaba a casa la mayoría de las tardes cruzaron aprisa el asfalto caliente de la carretera y luego se desviaron para seguir el tortuoso, polvoriento y empinado camino. Ned observó anhelante la casa de piedra, de apariencia tan fría y misteriosa. Billy Gaskell, que tenía la edad de Ned pero era más alto y corpulento, empezó a recoger guijarros para lanzarlos por delante. Observaban el polvo que se alzaba donde caían, y Evelyn Kimball, que llevaba a menudo desatados los cordones de los zapatos, y cuyo pelo jamás aparecía peinado, chillaba como si le pellizcaran cada vez que Billy tiraba una piedra. Pero Janet Hoffman, delgada como la larga trenza que colgaba de su espalda, siguió sola camino adelante. Ned deseaba que Evelyn se callase. Hacía que el calor pareciera aún peor. Se acercó a la cuneta, pensando detenerse allí y dejar que los demás le adelantaran. En el suelo había un palo de apariencia atrayente. Cuando se agachó para tomarlo, se torció, desapareciendo al instante. Examinó todo el trecho de la cuneta. Vio dos culebras más. Una era anaranjada y parda como la primera, y la otra blanca con manchas verdes en forma de cuñas.

—¡Oh! ¡Culebras! —exclamó Evelyn, acercándose a él.

Billy se aproximó a ellos.

—¿Qué estáis mirando?

Distinguió las culebras. Como un rayo, se inclinó y se apoderó de una.

—¡A quitarle los colmillos! —gritó.

Todo sucedió velozmente. Janet bajó la cabeza, y, como una cabrita, arremetió contra el vientre de Billy, derribándole al suelo. La culebra escapó de su mano y cayó al otro lado de la cuneta, entre hierbas altas, se contrajo y desapareció de pronto.

—¡Las culebras también son humanas! —gritó Janet—. ¡Matón!

Se sentó sobre Billy, abarcando su gruesa cintura

con sus rodillas escuálidas y llenas de costras, le cogió de sus largos cabellos castaños, alzó su cabeza y después la golpeó contra el suelo.

Billy se levantó; Janet cayó sobre el camino y Evelyn la agarró por los brazos y la puso de pie, quitándole el polvo del vestido. Ned se sorprendió al ver que Billy sonreía. Entonces él se echó a reír, arqueándose mientras se golpeaba las rodillas.

—¡Vaya! —se burló Evelyn—. Esta vez te dieron, Billy. Y ha sido una niña de nueve años. ¡Ja, ja!

Billy se mostraba imperturbable. Siguió por el camino, con sus enormes hombros un tanto caídos. Ned pensó que le recordaba el búfalo grabado en la moneda de cinco centavos. Vivía a más de kilómetro y medio de la desviación por la que seguiría Ned, y nadie le llevaba nunca a la escuela, fuera cual fuese el tiempo que hacía. Ya estaba a la vista el sendero de Janet a través del bosque. Justo antes de que se alejara, Ned dijo con admiración:

—Estuvo muy bien lo que hiciste. Pero las culebras no son, en realidad, humanas.

—Están vivas —replicó ella.

—Billy es demasiado estúpido para entender que le vencieron —manifestó Evelyn manteniéndose a su altura mientras caminaban.

En ese momento, Billy iba ya muy por delante de ellos.

—Mi papá dice que el calor echa de los montes a las culebras —prosiguió—. Yo vi dos en el patio cerca del gallinero.

—¿Para qué quería quitarles los colmillos?

—Estas culebras viejas ni siquiera tienen colmillos. No son venenosas. Es un malvado. Simplemente quería hacerles daño.

—Pero... ¿por qué? —murmuró Ned.

—¿No viste cómo le derribó Janet? Ni siquiera trató de defenderse. Y le dobla en tamaño. Un chico enorme y estúpido...

Tropezó ella en un montón de tierra y la envolvió el polvo. Ned observó su cara de ojos oblicuos mientras ella se enderezaba. Desde que él era capaz de recordarlo, los Kimball habían vivido en su casa enorme y destartalada. Evelyn y él caminaban juntos a la escuela desde que Ned tenía ocho años. Pero jamás le había hablado ella tanto como aquel día. Las culebras le habían hecho parlanchina. Sabía que a su madre le agradaba la señora Kimball. Cuando acudía a cuidar de mamá, oía cómo la señora Kimball la llamaba «querida» y «corazón». El señor Kimball era carpintero, pero no tenía mucho trabajo. Papá dijo una vez que no podía imaginar cómo el pobre hombre era capaz de mantener a todos aquellos niños.

—A veces yo persigo a las gallinas —le dijo Evelyn en tono de confidencia—. Corren y cacarean como si se enfadaran.

—Pero no les haces daño ¿verdad?

—No. Sólo las asusto. Mamá les retuerce el cuello y nos las comemos.

—Eso debe hacer daño.

—Bueno... así acaban —soltó una carcajada—. ¡Esa Janet! ¡Un escarabajo huesudo como ella!

Le hizo un gesto con la mano y se desvió del camino hacia el patio de los Kimball, donde las gallinas escarbaban en la tierra entre piezas desechadas de coches y pilas de tablas. Ned distinguió a un niño pequeño y andrajoso que vestía una camisa de hombre, y estaba sentado en una bañera boca abajo.

—¡Evie! —gritó—. ¡Evie ha vuelto a casa!

Ned dejó entonces el camino para desviarse hacia la izquierda, por un sendero que, a través de un campo, le llevaría de nuevo a la carretera, varios centenares de metros más abajo. Allí, clavado a una estaca astillada, estaba el buzón del señor Scully. Recogió del buzón el periódico de Waterville, y la única carta que había, y volvió a subir la colina hacia la casa del señor Scully. Llamó a la puerta de la cocina. Muy pronto oyó al señor Scully moverse dentro como un ratón dentro de una bolsa de papel. A través de la rejilla que impedía el paso de los tábanos, pero no el de las moscas, Ned percibió un olor a cenizas de madera y manzanas secas.

—¡Hola, Ned! —dijo el señor Scully.

Estaba de pie, justamente detrás de la rejilla. Era un

hombre encorvado y de corta estatura, que vestía como siempre: una vieja camisa de lana de cuadros verdes y negros, y unos pantalones negros. Abrió la puerta de repente, y Ned hubo de saltar hacia atrás, fuera del escalón, e introducirse después, antes de que la puerta se cerrara de nuevo. El señor Scully reparó en la carta que llevaba Ned en la mano. Aunque casi siempre se desplazaba con la lentitud de la melaza en una fuente, en esta ocasión se apresuró a tomar sus gafas de la mesa de la cocina, y tendió su mano para recoger la carta. La examinó y suspiró.

—¡Vaya! Sólo es la factura del médico —dijo.

Ned sabía que siempre esperaba tener noticias de su hija, Doris, que unos años atrás se había ido al Oeste.

La cocina estaba a oscuras. Tenía una sola ventana y se hallaba sucia. Hasta que no anocheciera, el señor Scully no encendería luz alguna, ni eléctrica ni de petróleo. Ned inició sus tareas. Bombeó agua para fregar la vajilla que el señor Scully había empleado en la cena de la noche anterior, y en el desayuno, y la comida de aquel día, y que ahora se amontonaba en la pila de esmalte desportillada. Había allí una taza, dos platos, un pequeño puchero, una sartén, dos tenedores y un cuchillo pequeño y afilado, de delgadísima hoja. Cuando acabó de fregar todo, Ned barrió la cocina y la sala. Aunque el señor Scully tenía gran cantidad de leña cortada y almacenada en el cobertizo, a veces pedía a Ned que le cortara más. Le preocupaba la posibilidad de no tener bastante leña para cuando llegara el frío. Algunas tardes Ned hacía su cama. El señor Scully no usaba sábanas, contentándose con mantas. Después, era el momento de ocuparse de las cajas. Por lo común, dedicaban cada semana a dos. Las cajas se hallaban apiladas en la sala, donde las puso Ned tras bajarlas del desván.

—En otro tiempo, yo era el joven David. Ahora, soy el viejo David —dijo a Ned cuando decidió examinar todas sus cosas—. Es el momento de poner mi casa en orden.

Siempre que en una caja aparecía una tarjeta postal, se la entregaba a Ned para su colección. La mayor parte del contenido de las cajas era introducido en viejas fundas de almohada para ser tirado después.

El señor Scully aún era capaz de conducir su viejo modelo A por el camino de tierra, hasta llegar a la carretera, y seguir luego por ésta unos tres kilómetros, hasta una pequeña abacería donde compraba comestibles. Todavía era capaz de cocer su propio pan y hacerse su compota de manzanas. Pero Ned sabía que le angustiaba pensar cuánto tiempo podría cuidar de sí mismo. Temía el invierno.

La casa era muy vieja y, desde luego, nunca fue gran cosa; los suelos crujían, y los marcos de las ventanas estaban casi podridos. Cuando el viento soplaba, se filtraba por todas partes como si la casa fuese un cedazo. La última vez que vino al Este, la hija del señor Scully instaló la fontanería dentro de la casa, y le compró una estufa de petróleo y un frigorífico. Pero el señor Scully nunca renunciaría a la bomba de la cocina, y jamás puso nada en el frigorífico. Una vez, y un tanto de mala gana, confesó a Ned que el inodoro era mejor que la caseta del corral.

Aquel anciano aún podía valerse bastante bien por sí mismo. Después de trabajar a su servicio durante varios meses, Ned había llegado a comprender que lo que en realidad deseaba el señor Scully era tener compañía durante una hora diaria. Disponía de leña suficiente para diez inviernos.

—Uno de estos días —dijo el señor Scully— tendremos que limpiar el patio.

El patio ofrecía un lamentable aspecto. Había un montón de desgastadas cubiertas del coche, una enmohecida guadaña apoyada contra un árbol, la nevera desechada bajo el tejado del cobertizo, cubierta por una andrajosa colcha y muchos otros objetos que poco a poco se tornaban indistinguibles del propio suelo.

—¿Cuántos años tienes, Ned? Sé que tienes que habérmelo dicho, pero es que se me olvidan muchas cosas.

—Acabo de cumplir once —replicó Ned—. El mes pasado fue mi cumpleaños.

—Yo tengo sesenta y nueve más que tú —repuso el señor Scully.

Contrajo su boca como si fuese a silbar, pero, en lugar de eso, emitió una risita.

Las hojas del arce que se alzaba junto a la ventana eran pardas, y moteadas como la piel de las manos y la frente del señor Scully.

—¿Te has dado cuenta de que los días son ya más cortos? Pronto llegará el Día de Acción de Gracias. Fíjate en esos cuervos de allá afuera. Saben que está acercándose el invierno.

Ned puso los platos que había fregado sobre la superficie de estaño en donde escurrirían. No había paños para secarlos. Era difícil pensar ahora en el invierno; difícil imaginarse todos los campos tan lisos como el añacal del horno que colgaba de un clavo tras la bomba de agua.

El anciano ajustó la llama de su nuevo hornillo de petróleo, junto a la enorme estufa Franklin con la que calentaba, en invierno, la cocina. Como de costumbre, preparaba el té para Ned y para él. Luego, echaría en su propia taza unas gotas de una botellita que guardaba en una alacena junto a las latas de conservas.

—Ron —dijo a Ned el primer día en que empezó a trabajar a su servicio—. Para entrar en calor. Cuando uno es viejo, le resulta difícil entrar en calor.

Concluida la faena cotidiana, empezarían a sacar cosas de una de las cajas de la sala. Una vez que dejó a un lado lo que había que quemar, o las prendas viejas para desechar, el señor Scully tomó en sus manos lo que quería conservar y le habló a Ned al respecto. Ned comprendía que eso era lo que más le importaba al señor Scully: que escuchara lo que le decía.

—¿Ves esta piedra? —dijo tras haber llenado una bolsa de viejos recortes de periódicos acerca del hundimiento del *Titanic,* y comentado que no comprendía por qué los guardó—. Pues es esteatita. Fíjate cómo está tallada.

La puso en una mano de Ned.

La esteatita poseía un tacto grasiento. Ned no comprendía el sentido de los dibujos.

—Es china, y los símbolos significan buena suerte. Bueno, te la regalo por tu cumpleaños, aunque ya haya pasado. Mi pobre tío no hubiese estado conforme con eso de la buena suerte. Le pilló el terremoto de San

Francisco. Cuando le sacaron de debajo de los restos de su casa, tenía la piedra clavada en su pecho. Es un objeto pagano. No puedo imaginar por qué la llevaba.

De repente se echó a reír. Ned pensó que más que una risa parecía un cloqueo.

—Gracias —dijo—. Sentía algo extraño, sabiendo que la piedra había estado enterrada en el pecho de un hombre hacía casi treinta años.

—¡Piénsalo! —exclamó el anciano—. En este mundo, todo lo que tocas tiene una historia. Bébete el té. Te refrescará. ¿Sabes que el té caliente refresca a una persona? La vida está llena de paradojas.

Examinaron las negras páginas de un álbum, abultado por sus ferrotipos y fotografías amarillentas. El señor Scully pasaba las páginas muy lentamente.

—Mi madre —dijo señalando un teñido ferrotipo de una muchacha con espesos bucles sobre la frente—. Aún no había nacido yo entonces —añadió pensativo.

—La vida es extraña —señaló otro ferrotipo con un hombre de uniforme, apoyado en su fusil—. Mi padre.

—¿Por qué tiene un fusil? —preguntó Ned.

—Fue durante la guerra civil. En ella luchó y murió mi padre. Le hirieron en la campaña de Antietam, en la batalla de South Mountain, el 14 de septiembre de 1862, y regresó a casa para morir. Yo tenía seis años, Ned. Puedo verle ahora, tan claramente como te veo a ti, Ned, en su cama de nuestra casa de Poughkeepsie. Su cara era tan blanca como las sábanas. Mi madre estaba inclinada sobre él cuando entré en su habitación. La mano de ella cubría la frente de él. Recuerdo cómo eran sus dedos, cómo se deslizó su anillo de casada hasta el nudillo, cuán blanca era la piel de mi padre en comparación con la de aquella mano viva y sana. Luego, ella la apretó contra la cara de él.

De repente alzó los ojos y husmeó el aire.

—Está cambiando el tiempo. Percibo que se acerca una tormenta.

A Ned le hubiera gustado saber algo más acerca de la batalla de South Mountain. Se quedó mirando el fusil del ferrotipo. El recuerdo de otra arma volvió a su memoria.

—Parece tan orgulloso, ¿verdad? Tal vez porque mantenía su cabeza tan erguida y estaba tan serio. Quizá el chico del Sur que le mató se retrató también con su uniforme y apoyado en *su* fusil —cerró el álbum—. Guardaré esto —dijo.

El señor Scully parecía cansado; su mandíbula inferior había caído un tanto. A veces, sus expresiones se tornaban casi ininteligibles, como si pasaran una esponja sobre las palabras. Ned llevó las tazas a la cocina y las lavó. El cielo se había oscurecido, pero aún había un resplandor del sol en las lejanas colinas que se alzaban al otro lado de la carretera.

Dispuso las tazas sobre el estaño. La próxima semana, quizá, empezaría a limpiar el patio. Cuando miró por la ventana, pensando por dónde empezaría, distinguió a un gato flaco que se alejaba lentamente de la caseta que se alzaba en el patio.

—Hay un gato en el patio —gritó al señor Scully.

—De vez en cuando viene alguno —dijo el anciano desde la sala—. Viven en el bosque, camino de tu casa. Son gatos asilvestrados. Les va bien en los meses cálidos, pero el invierno mata a la mayoría.

Ned observó el gato por un momento.

—Pues a este le pasa algo. Parece enfermo.

Oyó gruñir al señor Scully cuando se puso en pie, y caminó torpemente hacia la cocina. Ned había reparado que iba en zapatillas. No se sentiría muy bien hoy. De otro modo calzaría sus negras botas que se abotonaban a un costado. Se acercó a Ned y se inclinó hacia la ventana.

—Parece como si acabara de pasar un invierno —dijo el señor Scully—. Pobre diablo. Coge algo de pan, pártelo en pedazos y echa encima un poco de leche —dijo a Ned—. Puedes usar ese cuenco y colócalo cerca del cobertizo. Parece asilvestrado.

El gato era tan gris como un topo, y su pelo estaba desgreñado. Cuando miró hacia la casa, meneaba su cabeza constantemente como para desembarazarse de algo que estorbaba su visión.

—¿Qué le pasa? —preguntó Ned.

—Hambre —replicó el señor Scully—. No. Espera un momento. Le sucede algo más.

—Tiene un ojo completamente cerrado.

El gato se acercó aún más a la casa.

—Le falta el ojo —dijo Ned—. Sólo le queda un negro agujero.

Experimentó una sensación de temor.

El señor Scully se apoyó en la superficie de estaño. Ned podía sentir su respiración.

—Tienes razón —declaró el señor Scully—. El frío les hace eso a veces, y parece bastante grande para haber nacido el año pasado. O alguien practicó con él su puntería. Pudo ser un chico. Un blanco vivo es más interesante que una lata. O quizá se peleó con otro animal.

—Creo que tiene sangre seca en la cara —observó Ned.

Su propia voz se le antojaba extraña y lejana. Cogió el cuenco con el pan y la leche y se dirigió al cobertizo, donde lo colocó casi afuera, al lado de la leña amontonada. Cuando se puso en pie, una tenue brisa agitó la cálida atmósfera, y luego se extinguió.

La quietud era tan honda como si la propia tierra hubiese contenido la respiración. Lo único que se movía era una avispa cerca del tejado de la caseta. Ned vio cómo sus círculos se hacían cada vez más pequeños hasta que de repente desapareció. Probablemente su nido estaba allí mismo, bajo el tejado. Tal vez había culebras tras la caseta, donde se espesaban las enmarañadas hierbas. Súbitamente, recordó cómo Janet se lanzó contra Billy y como escapó de sus manos la culebra. Dentro de su cabeza, un pensamiento zumbaba en círculos, un pensamiento que le aguijoneaba como una avispa.

El señor Scully había dicho que en el bosque vivían gatos asilvestrados, entre los árboles frondosos donde Ned leía libros en el verano. Entre la casa y el bosque estaba la cuadra.

Ned cogió la escopeta y disparó. Había visto agitarse algo entre las piedras de la base de la edificación. No fueron las hierbas altas empujadas por un soplo de viento, sino un animal. Desobedeció a su padre y disparó contra algo con vida. Sabía que era el gato. ¿Qué le habría hecho Janet si le hubiera visto aquella noche, disparando contra algo de lo que se dijo a sí mismo que era una sombra? ¿Pensó en realidad que se trataba de una sombra? ¿Le hubiese puesto tan alerta una sombra? ¿Le habría aguzado su oído y hecho latir con fuerza su corazón?

Años atrás, las señoras de la iglesia se habían superado a sí mismas, y habían preparado una cesta de pasteles con motivo del cumpleaños de su padre. Papá llevó a casa la cesta y dispuso los pasteles sobre la mesa de la cocina. Eran cinco. Su padre dijo:

—La mano izquierda no sabía lo que hacía la derecha. ¡No puedo *pensar* por qué no planean las cosas un poco mejor!

Y meneó su cabeza. Llevó tres de los pasteles a los Kimball y uno al señor Scully, pero él se quedó con el pastel de chocolate. Ned, a quien le gustaba el chocolate más que nada en el mundo, se levantó de la cama cuando todos dormían, fue a la cocina y comió del pastel hasta que apenas pudo tenerse en pie. Al día siguiente, se despertó enfermo y no pudo ir a la escuela.

Recordaba exactamente cómo fue. De pie en la oscuridad, con el jugoso pastel en las manos, se llenaba la boca de chocolate, sabiendo que no debería estar haciendo lo que hacía, pero cerrando con fuerza los ojos, enardecido por su acción.

Por la mañana, mientras se apretaba el dolorido vientre, papá acercó una silla a su cama, se sentó y le habló con voz especialmente amable y el tono ligero que empleaba cuando trataba de enseñar algo a Ned.

—Sé que estaba bueno —dijo papá—. Pero el hecho de que una cosa esté buena no significa que podamos tomar tanto como se nos antoje.

Al principio no fue capaz de imaginar cómo supo su padre lo que había hecho. Después, cuando pudo bajar las escaleras, vio los restos desmigados del pastel en la fuente.

—Ven aquí, cerdito —dijo su madre—. Creo que durante la noche hiciste desaparecer milagrosamente un pastel.

Pensando ahora en aquello, recordando cómo hundió su cara en el regazo de su madre, cómo dijo que *nunca* volvería a hacerlo y cómo ella acarició su pelo, le respondió: «Sí, eso es lo que siempre decimos», comprendió cuán infantil fue. Cuán infantiles fueron todas las cosas malas que hizo en comparación con su acción de la noche de la visita del tío Hilary.

Observó el patio en torno de sí. El gato había desaparecido. Confió en que nunca volvería a verlo. Regresó a la casa.

—Ya está más cerca la tormenta —dijo el señor Scully.

A su lado, Ned observó su boca blanda y vieja, sus dientes manchados y percibió su aliento a hojas secas y a madera añosa.

—Dejé el cuenco para el gato —explicó.

—Ahora le será más difícil cazar. Estos gatos se alimentan de roedores hasta que la tierra se hiela. Guardaré comida para él. Tal vez consiga sobrevivir.

Ned no lo creía así. Había visto el agujero, la sangre seca, el gusanito mucoso en la comisura, junto a la nariz del gato, donde estuvo el ojo.

Recorrió lentamente el largo camino hasta casa. A la luz espectral de la tormenta, la casa aparecía como el castillo de un libro. No podía recordar desde qué ventana le había observado la cara aquella noche. Pensó que, después de todo, tal vez no fue una cara; quizá fuera el viejo sombrero de gondolero que colgaba de un clavo en el desván. Pero el sombrero no pudo haberse desplazado hasta una ventana. Tuvo que haber sido la señora Scallop. Ahora le parecía que, si le vio llevando la escopeta, de algún modo sabría lo del gato. Y sin embargo, no era esa su manera de proceder, no era su estilo eso de hacerle *saber* que ella lo sabía. Se estremeció todo él de repente como cuando papá abría la puerta de la bodega.

Se quedó unos instantes en la galería contemplando allá abajo el río. Una sola fila de aves trazaba una línea negra sobre las hinchadas nubes grises. Su madre sabía qué aves eran aquellas. Probablemente también estaría contemplándolas desde los ventanales. Súbitamente deseó verla más que cualquier otra cosa en el mundo.

—Entra, Neddy —murmuró la señora Scallop tras la puerta de rejilla—, tengo leche fría para ti. ¿Qué tal está

56

el señor Scully? Parecía muy débil cuando le vi la semana pasada dando vueltas cerca de su casa. Uno de estos días vendrán a llevárselo.

No quería preguntarlo pero lo hizo.

—¿Quiénes? ¿Llevarle a dónde...? Ah, bueno... —respondió con un suspiro.

Ned empujó la puerta y ésta giró lentamente hacia la entrada de la cocina. Apretó las mandíbulas. No volvería a preguntárselo. Cuando colocó su mano sobre el pilar de la escalera, ella repuso en voz baja.

—Al asilo de ancianos, claro está. Eso es lo que nos pasa a todos cuando nos hacemos viejos e inútiles. Sí, Ned. Por eso soy yo tan tolerante con los viejos. Eso es lo que digo, bastante han sufrido en la vida. ¿Por qué añadirles más sufrimiento? Yo soy así, siempre con el corazón en la mano.

Ned comenzó a subir rápidamente los escalones de dos en dos.

—¡No hagas tanto ruido! —tronó la señora Scallop—. ¡Piensa en tu pobre madre!

Mamá miraba hacia el río. Sintió surgir dentro de sí un tremendo anhelo. ¡Si ella fuese capaz de ponerse en pie, acercarse y abrazarle! Le había visto andar —no sólo como un recuerdo lejano o en sueños—, con la ayuda de un bastón y del brazo de papá. ¡Pero tan pocas veces!

Se volvió para mirarle. Alzó apenas de la bandeja los dedos de su mano izquierda para saludarle. Se aproximó a ella.

—Ned —dijo, pronunciando su nombre con intensidad del modo en que diría *sí* o *río*.

—La señora Scallop asegura que van a llevarse al señor Scully al asilo de ancianos —le anunció—. Le parece lo mejor, pues afirma que va siempre con el corazón en la mano.

—La señora Scallop no sabe nada del futuro —declaró, tocando la muñeca de Ned con sus dedos cálidos y encorvados—, y debes tener cuidado con la gente que lleva el corazón en la mano; no es el sitio natural para tenerlo. Se enmohece y debilita y te deja vacío por dentro.

Había un libro sobre la bandeja, *Middlemarch* (1).

—¿De qué trata? —preguntó muy cansado.

Sintió encorvarse sus hombros. Advirtió incluso el cansancio en las rodillas.

—De casi todo —respondió—. Acerca de vidas. Me parece que has tenido un día duro, Ned. ¿Piensas en algo? ¿Te preocupa algo?

Había muchas cosas en su cabeza. Los dedos de su madre se habían deslizado lejos de su muñeca. ¿Y si le hablara del gato? Imaginó cómo se sentiría si se lo contara. ¡Horrorizada!

El señor Scully había afirmado que el frío del invierno podía afectar a sus ojos. Tal vez hubiese habido una pelea, como sugirió el anciano. Si volvía el gato al patio estando él allí, tal vez consiguiera observarlo más de cerca. ¡Quizá después de todo seguía allí el ojo! Tal vez otro gato había arañado el párpado con tal fuerza que parecía como si le hubiese arrancado el ojo.

—Ahí viene papá —dijo su madre.

Ned oyó el Packard, pugnando por remontar la larga cuesta, y desviándose hacia la fachada septentrional de la casa, donde su padre dejaría el coche junto al manzano silvestre. Pero el coche no se detuvo. Ned comprendió que su padre se dirigía a la cuadra.

—Me alegro de que haya vuelto —dijo su madre—. Me parece que vamos a tener una terrible tormenta.

La señora Scallop estaba murmurando en el umbral.

—Hable alto, señora Scallop —dijo su madre con dureza—. ¡Aún no estoy muerta!

—¡Oh!... sencillamente estaba diciendo que a Ned se le calentará la leche y luego no le gustará.

Mamá le lanzó una mirada de connivencia y dijo en voz baja:

—Será mejor que bajes y la bebas...

De pronto se sintió casi feliz, cruzó rápidamente ante

---

(1) «Middlemarch: A study of provincial life», una novela de María Ana Evans de Cross (George Eliot), que narra la historia de la idealista Dorothea Brooke y su matrimonio desgraciado con el pedante Mr. Casaubon. (*N. del T.*).

la señora Scallop y bajó las escaleras. Encontró a su padre que llevaba dos grandes bolsas de comestibles.

—Ayúdame, Ned —le dijo.

Ned cargó con un saco de patatas.

—¡Cielos! Casi atropello a un condenado gato a la entrada del sendero. Creo que se prepara una gran tormenta.

Estaba casi tan oscuro como si fuera de noche. Papá se dirigió apresuradamente a la cocina, y Ned le vio soltar las bolsas con rapidez, casi nerviosamente, del modo en que hacía las cosas que no le gustaba hacer. Así, Ned le había visto barrer y preparar la cena, casi saltando de la mesa al fogón, hasta que concluía la tarea. Se comportaba de modo tan diferente en la iglesia, solemne y lento, entre pausas, como dignificado por la música del órgano que surgía como el agua de una fuente de los tubos tras el altar, mientras su voz serena y tranquila no se dejaba afectar por las voces temblorosas e inseguras del coro.

—¿Puedo encender una luz, reverendo? —preguntó la señora Scallop, quien se había deslizado en la cocina. Siempre se hallaba en penumbra, excepto durante breves instantes, al final de la tarde, cuando un rayo de sol penetraba por la ventana, y parecía poner un paño dorado sobre el desgastado hule de la mesa de la cocina.

—Pues claro, señora Scallop —dijo papá—. Ya sabe usted que no necesita mi permiso.

—Bueno... yo soy muy mirada, reverendo —repuso la señora Scallop.

Ned no creía haber conocido a alguien que dijera tantos cumplidos respecto de sí misma. La señora Scallop le tendió su vaso de leche.

—¿Era gris el gato, papá? —preguntó Ned.

—No me di cuenta, Neddy. ¿Tuviste un buen día en la escuela?

—Sí —replicó Ned.

Tomó el vaso, dio las gracias a la señora Scallop y se apartó de ella para beber la leche. No le agradaba mucho que le viese comer o beber. Ella se dirigió a la despensa, y Ned experimentó el alivio que habitualmente sucedía al alejamiento de la señora Scallop. Papá se lavó las manos en la pila de la cocina, se las secó, y se sentó en una de las sillas de alto respaldo con travesaños junto a la mesa.

—Gracias a Dios que puse los pararrayos —dijo, mientras, a través de la ventana, observaba las negras nubes del cielo.

—¿Conoces a Billy? Trató de arrancar los colmillos a una culebra —le informó Ned.

Su padre hizo una mueca.

—Y Janet Hoffman se lo impidió. Logró tirarle al suelo.

—¿Estás seguro de que trataba de arrancarle los colmillos? No creo que haya por aquí serpientes venenosas.

—No lo sé, papá. Pero Billy pretendía hacer daño a la culebra.

—Espero que no supiera lo que hacía. Quizá no comprenda que una culebra puede sentir dolor.

—¡Pues claro que lo comprendía! —exclamó Ned—. ¡Todo el mundo lo comprende!

—Bueno, esta tormenta limpiará todo. Tendremos tiempo de auténtico otoño, un poco de escarcha...

Ned se apoyó en una silla. Se sentía soñoliento.

—Las culebras dormirán todo el invierno —dijo en voz baja— en sus palacios rocosos.

Su padre sonrió, tendió un brazo sobre la mesa y apretó su mano.

—Me agradan las cosas que dices —observó.

Ned se sintió por un momento como en el último cuatro de julio, cuando se deslizó en el lago a donde papá le había llevado a nadar antes de ir a ver el desfile de la Independencia en Waterville. El agua no estaba ni demasiado cálida ni demasiado fría, y descubrió que era capaz de nadar casi con la misma rapidez de los insectos zapateros. O como se sintió una noche en que estaba leyendo en la galería después de cenar, y papá le sorprendió con un plato de loza repleto de helado de melocotón que él mismo había preparado con melocotones frescos y nata espesa. Papá se sentó en el escalón mientras Ned se lo comía, y Ned se fijó en su perfil, nítido y firme como el de la efigie de una moneda a la que haces brillar, frotándola contra una alfombra. Después del calor del día, el crepúsculo era tibio y el aire rebosaba del aroma de los melocotones.

Entonces Ned se estremeció.

—¿Se puede herir a un animal accidentalmente, no es cierto?

—Desde luego, Ned. Una vez, me temo, atropellé a toda una caterva de zarigüeyas. Las deslumbraron los faros del coche. Cuando las veo, siempre es demasiado tarde.

—Qué alivio —dijo Ned.

Papá se echó a reír. Sabía que Ned estaba imitándole. A menudo decía, *qué alivio,* cuando no surgían goteras en el tejado después de un aguacero, o cuando el pozo se llenaba de agua con buen sabor o si le parecía que había predicado un buen sermón.

Cuando Ned abandonó la cocina para ir al piso de arriba y dedicarse a sus trabajos escolares, no se sintió ya tan alegre. En su mente se había deslizado un pensamiento: ¿Y si uno *sabía a medias* que estaba haciendo daño a algo vivo? ¿Y cómo era posible saber algo sólo a medias?

La señora Scallop se cruzó con él en la escalera y le murmuró:

—Esta noche, chuletas de cordero.

Comenzó la lluvia y cayó continua y con fuerza durante horas. Luego, de río arriba, llegó un sonido como un lejano cañoneo. Para entonces, Ned se hallaba en la cama, leyendo cómo Robin Hood se burlaba del sheriff de Nottingham. El cañoneo se aproximó, el retumbar de los truenos era ahora más intenso. Empezaron a caer rayos. Tan cerca que Ned supo que pronto llegaría el momento de bajar al vestíbulo. Desde que era capaz de recordarlo, papá acudía a buscarle cada vez que estallaba una de las tormentas que se abatían sobre el valle. Fuera cual fuese la hora, cuando Ned oía el sonido inmenso y desgarrador del rayo al alcanzar la tierra, sabía que su padre pronto estaría a su puerta, diciéndole:

—Rápido, Ned, al piso de abajo. ¡Deprisa! Ponte un jersey sobre el pijama.

Ned sabía que tenían que estar en el piso inferior, cerca de la puerta principal, por si caía un rayo en la casa y la incendiaba. Papá no confiaba por entero en los nuevos pararrayos. Apenas aquel pensamiento cruzó por su mente oyó gritar a su padre:

—¡Ned!

Corrió al pasillo. Al cruzar ante su estudio oyó el violento golpear de las ramas del arce contra la ventana. Papá llevaba a su madre hacia la escalera. La manta que la envolvía se arrastraba por el suelo, y Ned cogió la punta para que no tropezara su padre. Por un instante, un resplandor de luz blanquiazulada penetró por la ventana del descansillo, y Ned se vio junto a su padre y su madre en el espejo grande. Los cabellos de su madre colgaban sobre el brazo de su padre; sus dedos largos y retorcidos se aferraban a la vieja chaqueta de alpaca de papá. Los ojos de su padre eran sombras oscuras y misteriosas. Su propio rostro era una luminaria blanca, sus pies descalzos una blanca salpicadura flotando sobre el suelo. Luego volvió la oscuridad y todos desaparecieron.

Oyó a la señora Scallop bajar por la escalera de atrás. La silla de ruedas de mamá se hallaba ya cerca de la puerta principal. Papá había encendido la lámpara de petróleo y la había puesto bajo el enorme cuadro del valle del Hudson que mostraba cómo fue antes de que surgieran, a lo largo del río, todas las ciudades y aldeas, incluso antes de que se fundara West Point. El lienzo rebosaba de luz y de silencio.

La señora Scallop apareció en la puerta de la cocina arrastrando una silla.

—No quiero estorbar a nadie —anunció.

Y papá repuso, mientras disponía la manta sobre las rodillas de mamá:

—Siéntese en donde guste.

Soplaba el viento, retumbaban los truenos, y los relámpagos iluminaban el cielo. Ned sintió como si la casa se elevase y la galería se alzara como una proa, como si la casa se hubiese convertido en un gran buque agitado por las olas. Sin embargo, jamás se sentía tan seguro como en momentos como aquellos, sentado en compañía de su madre y de su padre, durante una tormenta, oyendo contar a su padre los segundos que transcurrían entre los estadillos de los truenos, escuchando cómo su madre recordaba otras tormentas y cuán terribles fueron.

—Lástima de las pobres criaturas al aire libre en una noche como ésta —dijo la señora Scallop—. No puedo dejar de pensar en ellas... sin la suerte de nosotros al abrigo, con un tejado sobre nuestras cabezas.

—Tiene usted toda la razón, señora Scallop —replicó papá distraído. Pero mamá repuso:

—Pues yo no estoy de acuerdo con usted, señora Scallop. Imagino que sería maravilloso estar afuera en una noche como ésta, entre todo ese ruido y la lluvia y no escondidos en una habitación sofocante como ratones asustados.

La señora Scallop no contestó. Ned advirtió que miraba a su madre y luego bajaba los ojos hacia su regazo, a los retales que cosía. No parecía necesitar luz para el trabajo que estaba haciendo.

Por una vez Ned se puso de su lado. No podía ser maravilloso estar afuera para alguien incapaz de mantener el equilibrio, y sin ver nada.

No podía ser maravilloso, juzgó, hallarse afuera, en medio de la tormenta, si uno era un gato tuerto.

El gato

La tormenta se llevó los últimos rastros del verano. Al cabo de una semana, las resecas hierbas de los prados habían tomado un tono más oscuro y los árboles se alzaban negros y desnudos como huesos contra el cielo azul. Una mañana amaneció tan fría que los chicos pudieron ver su aliento, un vapor espectral que desaparecía casi al punto y que animó a Evelyn a reír y a gritar:

—¡Mirad! ¡Mirad, cuando respiro!

Cuando Janet salió de su sendero para reunirse con los demás camino de la escuela, anunció que su gata había parido gatitos.

—Tienen los ojitos cerrados y son tan pequeños que cabrían en la mano, pero todavía no se les puede coger. ¡Y son tan monos! —dijo.

Billy empezó a vocear:

—¡Gatitos monitos!

Dio una palmada y luego, apuntando con sus dedos índices, añadió:

—¡Bum! ¡Bum! ¡Eso es lo que yo haría a tus gatitos monitos!

—Una tiene una mancha sobre un ojo —dijo Janet—. Como si fuese una pequeña pirata. Así es como voy a llamarla: Pirata.

—No puedes llamar Pirata a una gata —dijo Billy en tono burlón.

Pero Janet le ignoró.

—¿Sabes que el bosque está lleno de gatos asilvestrados? —preguntó Ned.

—No me sorprendería —respondió Evelyn distraída, mientras arrancaba una hebra de lana de su grueso jersey pardo.

—Te lo vas a deshacer —le advirtió Janet.

Los zapatos de Evelyn estaban cubiertos de barro seco y se le había descosido el dobladillo de su vestido. Janet estaba tan compuesta como una piña joven, pero Evelyn parecía como si estuviese a punto de hacerse jirones. Ned sabía que simpatizaban mucho, y que a menudo tenían conversaciones ensoñadoras que carecían de todo sentido. Por lo común, Ned les escuchaba, pero desde la noche de la gran tormenta el único tema que le atraía era el referente a los gatos.

—¿Quieres decir que no te sorprendería porque ya has visto alguno? —preguntó a Evelyn.

—Seis gatitos —explicó Janet—, uno tras otro. Yo los vi nacer.

—¡Uf! —exclamó Evelyn.

—Si yo viese un gato asilvestrado, lo perseguiría hasta acorralarlo —gritó Billy—, entonces cogería un palo o algo, o una piedra y ¡zas!

—¿Lo has visto? ¿Viste uno? —insistió Ned.

—Creo que sí —repuso Evelyn, quitándose del pelo un pequeño fragmento de cáscara de huevo—. ¡Mira eso! Me pregunto de donde vino.

—El gato —le recordó Ned—. Háblame del gato.

—Al anochecer —dijo—. Probablemente iba tras una gallina. No le presté mucha atención. Vi el viejo Sport tirar de su cadena como un pez que tratara de librarse del anzuelo. Estaba ladrando y me pareció ver un gato. Pero pudo haber sido cualquier otra cosa.

—¡Bum! —chilló Billy, adelantando a Janet a la carrera.

Ella cerró la mano y le asestó un puñetazo. El chico rió como si le hubiesen hecho cosquillas. Janet se lanzó cuesta abajo tras él y Billy reía con tanta fuerza que Ned pensó que podría caerse. Las personas simpatizan de modos muy extraños, decidió Ned.

Se volvió hacia Evelyn que caminaba a su lado, observando cómo desaparecía en el aire su propio aliento.

—Me pregunto cómo consiguen vivir. Los gatos asilvestrados, quiero decir.

—Cogen ratones y cosas así —replicó Evelyn—. Son buenos cazadores.

—¿Y si se ponen enfermos?

—¡*Odio* eso de escribir poesías! —exclamó Evelyn—. ¿Os encargó una la señorita Jefferson a los de vuestra clase? ¿Os dijo que teníais que escribir una poesía sobre el Día de Acción de Gracias?

—¿Y si a un gato le cae una rama encima?

Evelyn le golpeó en el brazo.

—Deja de hablar de gatos —le pidió—. Eres tan malo como Billy. No sabes nada de gatos. Sin embargo, yo sé acerca de gallinas.

Sin embargo era un término que Evelyn había empezado a utilizar recientemente, y que sacaba a colación siempre que podía.

—¿Era gris el gato que viste?

—¡Ned Wallis! —le gritó.

—De acuerdo, de acuerdo...

—Por favor, dame una idea para la poesía —dijo con su habitual tono de voz.

—Escribe sobre calabazas. Escribe sobre todos los bebés de tu familia, yendo juntos a perseguir un pavo por el bosque.

—Estás burlándote de mí —repuso.

—Evelyn ¿me lo dirás si vuelves a ver el gato? Creo que es posible que lo conozca.

Habían llegado a la carretera. Ned vio que Billy y Janet entraban ya en el patio de la escuela de ladrillo rojo.

—Sí —respondió Evelyn, y echó a correr, adelantándole.

Se quedó solo durante unos minutos, pensando en las horas que le aguardaban, preguntándose cómo sería capaz de concentrarse en sus lecciones. «Concéntrate», le decía siempre la señorita Jefferson.

Lo que le hubiera gustado hacer era volver por el camino de tierra hasta la casa de piedra, abrir una ventana, trepar y vagar por las habitaciones. Suspiró y empezó a cruzar lentamente la carretera hasta que oyó el segundo timbrazo. Entonces salvó a la carrera el trecho que le quedaba para llegar a la escuela.

. . . .

—¿Se ahogan los pájaros con la lluvia? —preguntó un día al señor Scully.

—No lo creo.

A Ned le pareció que no estaba seguro.

—¿Y los mapaches? ¿Pueden ahogarse?

—Nunca oi hablar de eso —replicó el señor Scully—, has de recordar que estás hablando de animales salvajes. Tienen su modo de arreglarse, aunque viven y mueren como todos nosotros.

—¿Y los gatos de que usted me habló, los que vivían en el bosque?

—No me acuerdo de eso, pero si lo dices, así será. No es posible fiarse de mi memoria. Esta mañana, Ned, mucho antes de que tú te levantaras, yo me puse aquí, mirando sencillamente hacia mi vieja estufa de leña. Pues no podía acordarme de cómo se encendía. Al cabo de mucho tiempo, mi memoria funcionó, como puedes ver.

Una línea roja enmarcaba la portezuela de la estufa y la placa superior había cobrado un nuevo color bajo el calor. Ned sabía que era un buen fuego; había estado madurando a lo largo de todo el día. Para conservar el calor, el señor Scully, según dijo a Ned, mantenía cerrada la sala durante la mayor parte del invierno. Pero no le importaba. Afirmó que, a medida que se hacía más viejo, necesitaba cada vez menos espacio.

—Solía tener un perro —afirmó el anciano, frotándose las manos una contra otra—. También tuve gatos, pero me agradaban más los perros. Este se llamaba Malthus. Claro está que, cuando Doris era pequeña, teníamos de vez en cuando cachorros, y a ella le gustaban, pero era Malthus al que yo quería. Para entonces, Doris ya era mayor. Aprendí qué bonito es observar a un animal en vez de acariciarlo, enturbiando su naturaleza con la tuya. A Malthus le gustaban mucho los gatos. En cuanto veía uno empezaba a menear el rabo. Aquello me resultaba muy agradable... eso de que un perro grande disfrutara con animales tan diferentes de él.

—Como Billy y Janet —murmuró Ned.

—Supongo que es así —añadió el anciano.

Ned sabía que el anciano no le había entendido, pero no le importó. Incidentes de este género sucedían con frecuencia en los últimos tiempos, y Ned había llegado a la conclusión de que el señor Scully y él se decían cosas diferentes, como dos personas que viajan por caminos distintos. De vez en cuando, sus caminos se cruzaban.

El señor Scully sirvió el té para los dos, y luego añadió a su taza unas cuantas gotas de la botellita de ron. Se quedó contemplando su taza, malhumorado. Ned supuso que estaba pensando en Doris, tan lejos, al otro lado del país. Aquella tarde le había llevado al señor Scully una tarjeta postal. Era de Doris y tenía una fotografía de las Cascade Mountains, la misma que había remitido ya a su padre en tres ocasiones.

—Será mejor que traiga un poco más de leña —dijo Ned.

—Por el tiro de la estufa puedo adivinar que sopla un viento frío, muy frío —añadió el señor Scully con acento de tristeza—. De acuerdo, Ned. Trae algo de leña.

Cerró los ojos y se echó hacia atrás en su mecedora que tenía un viejo almohadón confeccionado por la señora Scully años atrás. Ned sabía que ella lo hizo porque así se lo había pedido el señor Scully. Fue la primera vez que se refirió a su esposa. Lo único que, además, conocía de ella era que murió siendo Doris una niña. Se lo había dicho su padre, quien añadió que la señora Scully fue una mujer muy callada.

El patio ofrecía un aspecto mucho peor del que tenía con el tiempo cálido, cuando todo estaba verde y la maleza cubría las herramientas enmohecidas, y las madreselvas silvestres se extendían por los tejados del cobertizo y de la caseta.

La vieja colcha que cubría la nevera, aún conservaba la humedad de la gran tormenta. Ned tocó las protuberancias del relleno, que tenían el aspecto de los restos grumosos de un plato de avena. Penetró en el cobertizo, y percibió de pronto el sonido de algo que escarbaba. De

detrás de un montón de leña escapó un gato con su vientre muy próximo a tierra. El corazón de Ned latió con fuerza. El gato huyó del cobertizo. Cuando llegó a la altura de la caseta, volvió la vista hacia donde Ned se hallaba. Era el gato tuerto. Meneó su cabeza varias veces y husmeó el aire. Entonces se dirigió al trote cuesta abajo hacia la carretera.

Ned vio en el suelo un cuenco medio lleno de pedazos de pan. Probablemente, el gato estaba comiendo cuando él le sorprendió al entrar en el cobertizo. Tomó en los abrazos un poco de leña y regresó a la cocina.

—¿Da usted comida al gato gris? —preguntó al señor Scully.

—Lo hago cuando me acuerdo —replicó el señor Scully—. Ned ¿sabes dónde he dejado mis gafas y el periódico? En cuanto pongo algo en un sitio...

Ned halló el periódico y las gafas del señor Scully en la silla que había al otro lado de la mesa, donde los había dejado antes. Los puso en el regazo del anciano.

—¿Viene muchas veces el gato a su patio?

—Pues sí. En realidad ha estado durmiendo en lo alto de la nevera. De no haber sido por eso ya habría tirado esa horrible y vieja colcha. Pude observarlo de cerca el sábado pasado. Parece que está mejor. Ha desaparecido la sangre. Pero estoy seguro de que el pobre animal es sordo. Estuve incluso a punto de pisarlo y entonces escapó. Ha aprendido a venir hasta aquí en busca de comida. Eso ya es algo, creo.

Ned se estremeció.

—¿Quieres más té, Ned? Me parece que tienes frío. Otro invierno. Ay, chico, antes a mí me gustaba este tiempo. Ahora lo temo. En esta vida no hay nada que dure mucho.

Camino de casa cuesta arriba, Ned se detuvo para examinar los nuevos baches que se habían abierto tras la tormenta. Pondrían furioso a su padre que exclamaría: «podría volar hasta Jericó», cuando el Packard saltara sobre un camino en tan mal estado. Ahora parecía el lecho de un río. La avenida de las aguas de lluvia había sacado a la luz por todas partes piedras de muy bello aspecto. Alzó los ojos hacia la casa. Por un instante, la sintió opresivamente contra él. Distinguió el coche en su lugar habitual. Era difícil ahora evocar la colina cuando los campos resplandecían de hierba, sol y flores silvestres. Era difícil evocar florecido el gran lilo junto a la galería, o el río del verano tan distinto a aquella oscura corriente que se deslizaba entre las colinas, ahora peladas, a excepción de los espacios cubiertos por árboles de hoja perenne.

No miró hacia el desván. Solía ser el primer lugar hacia el que alzaba los ojos cuando ascendía por el sendero. Pensaba entonces en todos los baúles y cajones que aún no había inspeccionado, en los libros y revistas que todavía no había abierto. Antes, apreciaba su apariencia de algo sin terminar, los sitios que había de evitar cuidadosamente, porque se habían soltado las tablas y podía ver los listones y la argamasa de la construcción original. Le agradaban entonces las ventanitas polvorientas, la estrecha escalera por la que subía. Pero, como ahora estaba allí la escopeta dentro de su caja, ya no deseaba pensar más en el desván. Cuando se clavaba una astilla en el pie, eso era todo en lo que podía pensar; no existía para él parte alguna de su cuerpo que no fuera aquella en donde experimentaba la punzada de la astilla. Así le sucedía ahora con el desván. El arma era como una astilla en su mente.

Le alivió saber que el anciano proporcionaba comida al gato. Le preocupaba, sin embargo, la memoria del señor Scully. Ni siquiera se había preguntado lo que comían los gatos. Pero si un gato estaba hambriento, quizá comiera cualquier cosa. Decidió guardar restos de comida, y llevarlos a la casa del señor Scully. Imaginó que a un gato le gustaría la carne, y el señor Scully difícilmente tenía carne que comer. Vivía de compota y de las sopas a base de verduras, avena y pan moreno que cocía cada dos semanas, unas hogazas de sabor semejante a su apariencia. Le había dicho a Ned que le costaba masticar y, además, estaba su falta de memoria; en su última cocción se le olvidó poner levadura y tuvo que tirarla toda.

Hasta que empezó a trabajar al servicio del señor Scully, Ned no entendió el envejecimiento de las personas. Sabía que existían ancianos y jóvenes, y quienes se hallaban entre ambos. Pero no pensó que las gentes envejecieran como envejecen los árboles, tornándose nudosos y secándose como los manzanos que había más arriba de la cuadra, y de los que papá dijo que ya no era posible podar.

Aunque el gato ocupaba gran parte de sus pensamientos, descubrió que también reflexionaba a menudo sobre el señor Scully, sobre todo de noche, cuando sentía la vida de su propio hogar congregada en torno de él, como una cálida manta: mamá leyendo un libro en su silla de ruedas, y papá preparando un sermón en su despacho, e incluso la señora Scallop confeccionando una de sus esterillas. Se imaginaba entonces a David Scully en su casa pequeña y oscura, encendiendo sus lámparas de petróleo, aunque Doris le había instalado la electricidad.

En la galería, cerca de una ripia que quizá había caído sobre ella, Ned reparó en la vaina grande y de color pardo claro de un insecto. Cuando la recogió, advirtió que, al tacto, parecía como de papel de seda. Mientras la llevaba cuidadosamente en su mano, pensó que podía empezar a hacer una colección de insectos —serían más fáciles de conseguir que sellos extranjeros—, y entró en la casa, camino del despacho de su padre.

—¿Qué tal estás, Neddy? —le preguntó papá, que se hallaba sentado ante su mesa, frente a la máquina de escribir Remington—. ¿Lo has pasado bien en la escuela? ¿Cómo se encuentra el señor Scully?

La señora Scallop pasó ante la puerta del despacho, husmeando el aire, como si estuviera a punto de deslizarse por encima de la galería, el prado y el monasterio para ir a caer al río Hudson. Casi al instante retornó, esta vez camino de la cocina. Ned sabía que estaba recordándole que le aguardaba en la cocina con su agasajo de la tarde, como ella lo llamaba. También podía asegurar, por el gesto que había percibido, que pasaba por uno de sus períodos de malhumor. Empezaba a acostumbrarse a aquellos arranques; jamás se le ocurría ya tratar de averiguar qué era lo que los provocaba.

—El señor Scully dice que le cuesta recordar las cosas —dijo Ned a su padre, mientras observaba el insecto que tenía en la palma de la mano—. Hoy recibió una tarjeta postal de Doris. Siempre le envía la misma.

Se acercó a la mesa, bien tendida la palma de la mano. Su padre miraba la hoja de papel en la máquina de escribir; no alzó los ojos para ver lo que llevaba Ned, pero pasó un brazo por su cintura y le dio un pequeño abrazo.

—Es duro hacerse viejo y hallarse solo —dijo papá—. Y además, desde luego, no está inscrito en la iglesia. Eso empeora las cosas. La iglesia cuida de los suyos.

—¿Y qué pasa con los otros, como el señor Scully? —preguntó Ned.

—¡No te preocupes! —dijo cordialmente papá—. No le perderemos de vista. Tengo una sorpresa para ti.

Se volvió para mirar a Ned.

—¿Qué es eso? Ah, un saltamontes... La sorpresa es que tío Hilary ha escrito proponiéndonos que le acompañes a un viaje muy interesante. Le han encargado una serie de artículos sobre ciudades históricas norteamericanas y le gustaría llevarte a Charleston durante las vacaciones de Navidad. He hablado ya de eso con tu madre, y a las dos nos parece una excelente idea.

Ned alzó el saltamontes y descubrió que era casi transparente.

—¿Ned?

—Muy bien —repuso Ned.

—Estoy sorprendido. No pareces muy entusiasmado.

—¿Puedo ir a ver a mamá?

Su padre se volvió hacia la máquina de escribir.

—Hoy se encuentra muy bien, Neddy —dijo—, y empezó a examinar las notas amontonadas junto a la máquina. Era muy de papá eso de no apremiarle. A veces le gustaba.

Recorrió el pasillo sin hacer ruido, confiando en poder llegar a la escalera antes de que le oyese la señora Scallop. Pero apenas había puesto el pie en el primer escalón, la señora Scallop surgió del rincón en penumbra bajo la escalera, y encendió la lamparilla de tulipa que había junto al teléfono. Su luz rosada cayó sobre el largo delantal y las puntas de sus zapatos pardos.

—Un chico necesita merendar después de la escuela, con todo ese trabajo —dijo.

Él se encogió de hombros y pasó a la cocina, donde le aguardaban un plato lleno de dulces de melaza y un vaso de leche, dispuestos sobre la mesa de la cocina. Si se lo comía todo, tal vez cambiara el talante de la señora Scallop. Ya sabía que le complacía ver a los demás comiendo lo que ella había preparado. Ned colocó el saltamontes sobre la mesa. De repente se imaginó a la señora Scallop atiborrando a toda la familia Wallis hasta tal punto que acabaría por flotar en el cielo. Entonces, ella tiraría de las cintas que les sujetaban y se los llevaría como un racimo de globos humanos. Esta imagen mental le indujo a sonreír. Entonces le observó de soslayo. Estaba mirando el insecto.

—¿No es un saltamontes? —dijo. Lo tocó cautelosamente.

Ned se bebía la leche tan rápidamente como le era posible.

—¿Sabes cómo nacen los bebés de saltamonte? —preguntó la señora Scallop con voz retadora.

—¡Bebés de saltamonte! —Ned hubo de apretar las mandíbulas para no echarse a reír.

—Matan a la madre, ¿lo sabías? —prosiguió—. Al salir, la madre muere. Eso es lo que sucede con los saltamontes. Desde luego, tener un bebé siempre cuesta algo a la madre. Como a la tuya.

Ned alzó los ojos, sorprendido y con la boca llena de dulces de melaza.

—¡Oh, sí, querido...! —dijo en voz baja—. ¡Después de que tú nacieras fue cuando le vino a tu madre ese terrible reumatismo!

Ned se atragantó y luego gritó:

—¡No fue así! Recuerdo la época en que podía andar y correr por todas partes. ¡Y no es reumatismo!

La señora Scallop mostraba un gesto de triunfo.

—Algunas enfermedades tardan un tiempo en revelarse —explicó.

Abruptamente, abrió la puerta de la bodega, y bajó la escalera en la oscuridad como si tuviera algo que hacer. Él tomó la vaina del saltamontes y lo puso encima del dulce que no había comido. Luego, escaleras arriba, se dirigió con rapidez a la habitación de su madre.

—Me alegra verte —le dijo ella, cerrando el libro que estaba leyendo. ¿No es sorprendente lo pronto que oscurece? Aún no son las cinco y sin embargo parece que estamos ya en plena noche.

Tendió su mano y él se inclinó hasta que su rostro estuvo junto al de ella, y ésta pudo besar su mejilla. Después se enderezó y permaneció callado.

—Ned ¿qué sucede? —Le observaba muy seria.

Por un instante volvió la mirada.

—La señora Scallop... —empezó a decir y luego titubeó. En aquel momento, la atención de su madre gravitaba sobre él como el sol en un mediodía de verano; le hubiese gustado ocultarse bajo una fresca sombra.

—Dijo —prosiguió de mala gana— que cuando los saltamontes nacen, su madre muere. Afirma que tú te pusiste enferma porque yo nací.

Su madre pareció tan dolorida que Ned hubiese hecho cualquier cosa por no haber pronunciado aquellas palabras. Anheló desesperadamente hablarle del gato, contarle lo del disparo que hizo junto a la cuadra, ¿pero qué efecto tendría *aquello* en ella?

Sabía que su madre no se había puesto enferma por obra de su nacimiento, tal vez existiera una mínima duda revolviéndose en su mente por culpa de las palabras de la señora Scallop, pero eso era todo. Sabía lo que había hecho, había recurrido a una falsa razón como la de la sombra en la ventana, para ocultar la razón verdadera de su infelicidad en aquellos días.

—Si yo creyese en brujas... —empezó a decir su madre. Meneó la cabeza—. No, no es una bruja. Simplemente no tiene delicadeza. Papá sigue buscando a otra persona, pero nadie quiere venir a vivir aquí, tan lejos de la ciudad, y no les censuro. A menudo he pensado que lo mejor sería que nos mudáramos a la rectoral o quizá a Waterville. Pero a tu padre le gusta tanto esta vieja casa. Ned, sabes que no es cierto ¿verdad? Me refiero a eso que dice la señora Scallop. Tu nacimiento me dejó muy sana: ¡me sentía tan fuerte! Solía correr escaleras arriba y abajo contigo en la cadera. Una vez te subí a un árbol.

Nos sentamos en una rama grande, como dos extraños pájaros. Hubiera sido capaz de franquear los montes. Pasó tiempo, mucho tiempo, hasta que me puse enferma. La vida tiene sus sorpresas.

—No la creí en absoluto —repuso Ned. Era lo más que podía aproximarse a una verdad tan grande.

—Papá se ha esforzado por buscar a alguien que sustituya a la señora Refunfuño y Bufido...

Ned rompió a reír. Su madre le sonrió. En aquella ocasión se parecía a su hermano Hilary.

—Cuando papá y tú os marcháis, ella sube, se queda en la puerta y empieza a parlotear. No puedo quitármela de encima. Lo curioso es que sabe muy bien lo que está haciendo y que yo necesito pasar mucho tiempo en paz. Sin embargo, me ha enseñado algo. Yo solía pensar que las personas amables y humanas eran las únicas que comprendían a los demás. La señora Scallop comprende... Me parece que para ella cada persona es un rompecabezas que, con tiempo, resuelve.

—¿Sabe que estáis tratando de encontrar otra persona?

—Papá quiere primero hallar otro tipo de trabajo para ella. No vamos a echarla.

—¿Y no estaría mal —preguntó Ned al cabo de un instante— hacer que cargara con ella otra persona?

Su madre se echó a reír.

—Las cosas no son así —repuso—. Tu padre y yo sabemos que sería muy buena en ciertas circunstancias. Lo que necesita es un pequeño país para gobernarlo ella sola.

—Como la Reina Roja —dijo Ned.

—Exactamente —replicó su madre—. Tengo muy buenas noticias. Te ha escrito tío Hilary.

Ned empezó a sonreír. Tío Hilary incluía casi siempre una nota para él en la carta que escribía a mamá. Las notas eran como pequeños regalos. Una vez, toda la nota se refirió a una gata que Marta, la madre de Ned, y él tuvieron de pequeños. Marta, que tenía algunos años más que su hermano, puso de nombre a la gata tía Perlita y, durante mucho tiempo, tío Hilary pensó que la gata era, en realidad, su tía.

La madre de Ned alzó el libro que había estado leyendo, y le entregó una nota escrita en un papel verde pálido. Decía:

Mi querido sobrino:

Hoy el tema es la amistad.

Una vez, después de subir a una de las montañas de los Alpes, resbalé y me rompí una clavícula. Dos días más tarde, tuve un ataque de apendicitis. Cuando regresé del hospital a mi apartamento de Zurich (en donde yo vivía por entonces), un querido y viejo amigo mío recorrió 32 kilómetros en coche, sólo para prepararme una comida a base del puré de dos patatas. Cocer bien unas patatas no es tan sencillo como podrías imaginar. No deben quedar correosas. Han de resultar secas y harinosas. Mientras yo estaba tendido en mi cama, feliz por haber escapado de los médicos, mi amigo hizo el puré de patatas con un tenedor, en un enorme y blanco plato sopero suizo. Le echó mantequilla y espolvoreó por encima un poco de sal y de pimienta. Fue la comida más deliciosa que tuve nunca. Mi amigo, que es un pintor, había renunciado a su trabajo durante toda la mañana, para ir en coche hasta Zurich y hacer mi primera comida después de mi salida del hospital. Eso es la amistad. Por otro lado, no olvides que puedes tener amigos que no hagan absolutamente nada por ti o por nadie más. Te gustan por ser como son. Ese es su regalo. Espero verte en Charleston, con cariño.

Estaba firmada, *tío Hilary*. Había una posdata que rezaba: *¡Conducir treinta y dos kilómetros en Suiza no es ninguna broma!*

Ned mostró la nota a su madre y ella sonrió todo el tiempo que duró su lectura. Era la sonrisa especial que reservaba para su hermano. Ned deseó tener una hermana o un hermano, una persona a quien pudiese confiar que no quería marcharse con el tío Hilary; alguien a quien hablar acerca del gato negro y de lo desmemoriado que era el señor Scully.

Los auténticos fríos aún no habían llegado. ¿Qué sucedería en invierno cuando la tierra se cubriese de una espesa capa de nieve? El gato se moriría de hambre.

A Ned le habían gustado siempre las visitas de tío Hilary. Eran sorprendentes como esas mañanas en que, al despertar, veía todo cubierto por la nieve que había caído durante la noche, mientras dormía. Ahora no quería pensar en tío Hilary, ni imaginar campos nevados.

Si conseguía mantener al gato con vida, no importaría tanto que hubiese desobedecido a papá, subido al desván y sacado la escopeta. Pero si el gato desaparecía, de tal forma que Ned ignorase si estaba muerto o vivo, entonces, el hecho de que hubiese cogido el arma, importaría más que cualquier otra cosa en el mundo.

—Te echaremos de menos en Navidades, Neddy —dijo mamá—. Pero cuando pienso en lo bien que lo pasarás, no me importa la idea de tu ausencia.

Ned se dirigió hacia los ventanales para no tener que responder. No sabía qué decir a su madre, al igual que tampoco había podido decir a su padre nada acerca de la invitación del tío Hilary. Resultaba terrible eso de tener que pensar tan minuciosamente antes de hablar a sus padres. Le recordó un tanto lo sucedido en la primavera pasada, cuando no se aprendió de memoria una poesía. Le llamó la profesora ante toda la clase y hubo de permanecer allí, sin decir nada, mientras sentía cómo enrojecía, en tanto que los niños iniciaban algunas risitas y la profesora aguardaba, sorprendida, y luego tan decepcionada por él.

—Tal vez tenga que volver a Francia el tío Hilary —dijo de pronto, volviéndose hacia su madre—. Quiero decir antes de Navidad— añadió sin mirarla.

—Oh, no debes preocuparte por eso —replicó—. Estoy segura de que no tiene que ir a ninguna parte más que a donde quiera.

Ned se sintió angustiado. Recordó un cuento de hadas que le leyó su madre acerca de dos niños, en cuyos ojos se habían introducido pedacitos de cristal que cambiaban su visión de todas las cosas. Podía advertir que ella aguardaba a que dijera algo.

—Tengo que hacer diez problemas de divisiones largas —dijo, al tiempo que salía apresuradamente de la habitación de su madre. ¡Otra mentira! ¡Y ésta con el adorno adicional de un número!

Pensó que aquella noche no dormiría por culpa de sus preocupaciones acerca de la Navidad y del tío Hilary.

Escuchó el suspiro del viento al otro lado de las ventanas y contempló el cielo, tan despejado de nubes que podía percibir el brillo de las estrellas. Se preguntó si permanecería despierto toda la noche. Empezó a recitar mentalmente los nombres de los presidentes de Estados Unidos. Papá se los había enseñado antes de que empezara a ir a la escuela. Si *aquello* no le hacía dormir, decidió, se levantaría, iría al piso de abajo, y leería todos los periódicos que había en la mesa de la biblioteca. Pero se quedó profundamente dormido justo después de murmurar: «Rutherford Birchard Hayes, 1877-1881».

Cuando se despertó, en lo primero que pensó fue en el gato. Se vistió aprisa, tiritando. Era una mañana fría, y deseó poder volver a la cálida cama, al nido de su propio calor, ocultar su cabeza bajo las almohadas y dormir durante todo el día.

—Da gracias a Dios —le ordenó la señora Scallop con su voz más altanera, mientras él se sentaba a comer sus copos de avena—. Esta mañana puedes considerarte afortunado. No te he hecho lo que tú me hiciste, dejar un bicho muerto en un dulce. ¿Qué te parece si yo lo hubiera puesto en tu avena?

Soltó su cuchara y escapó de la cocina, mientras oía a la señora Scallop protestar diciendo que los hijos de los pastores resultaban siempre los peores.

Papá le dijo adiós pero Ned no respondió. Tomó su abrigo y sus libros y huyó de la casa.

Cuando llegó al final del sendero hizo una pausa y miró hacia arriba, hacia las ventanas del señor Scully. Las contraventanas estaban cerradas. No salía humo de la chimenea. Imaginó el frío que haría dentro; imaginó al pequeño anciano tendido bajo sus delgadas mantas que Ned conocía, puesto que con frecuencia le hacía la cama. Dio la vuelta a la casa. Todo era inmovilidad. Cruzaron dos cuervos, trazos negros contra el pálido cielo de la mañana. No había rastro del gato.

Bajó hacia la escuela, deseando encontrarse con Janet. Quizá sería capaz de hablarle de algo extraño que estaba sucediéndole. Había empezado a temer a los animales, incluso a aquellos de los que sabía que vivían en otras partes del mundo.

La pasada semana, mientras los chicos cruzaban el pinar en camino, desde la escuela a casa, un perro de rojo pelaje surgió corriendo entre los árboles y se dirigió en línea recta hacia Ned, ladrando y meneando su cabeza de uno a otro lado, como un caballo. Se tiró al suelo en el acto y ocultó su cara hasta que Billy, gritando y riéndose, le cogió de las manos y le hizo ver que el perro estaba tendido junto a él, lamiendo la manga de su abrigo.

Además, había estado viendo viejos ejemplares del *National Geographic*. No llegó hasta el desván, sino que se quedó sentado en el último escalón, tomó las revistas y se estremeció ante las fotografías de anacondas y onzas, e incluso ante las de pequeños animales como ardillas voladoras y tarsios. Preguntó a su padre si había serpientes venenosas en el viejo muro de piedra que limitaba por el este la propiedad de los Wallis, y en donde crecían unos zumaques.

—Allá arriba en los montes —dijo su padre, distraído—. No creo que bajen hasta aquí. Bueno, tal vez alguna que otra mocasín.

¡Alguna que otra mocasín! Ned se sintió horrorizado.

Vio delante de él a Janet que abadonaba su sendero y atajaba para llegar al camino de tierra. Le gritó:

—¡Espera! ¡Espérame! —y ella se detuvo sin volver la cabeza.

—Escucha —le dijo cuando llegó a su lado—. ¿Qué piensas del Monte del Oso? ¿Crees que hay osos allí?

—Han hecho carreteras hasta la cumbre —repuso Janet—. Y cuando llegan las personas, los animales se van.

—De acuerdo, se van. ¿Pero *a dónde* se van?

—Jamás pensé en eso —dijo Janet.

—¿Te dan miedo los osos? —preguntó con un cierto esfuerzo.

—Bueno, quizá lo sintiera si lo tuviese al lado. Pero no voy a asustarme de un oso que está quizá a cien kilómetros de distancia.

Ned estuvo a punto de decirle que le asustaba incluso pensar en osos, pero cerró la boca. Decidió que era mejor guardarse ciertas cosas para sí.

El señor Scully se hallaba junto a la bomba, mirando por la ventana de la cocina. El gato gris estaba cerca del cobertizo, comiendo en su cuenco.

—Está poniéndose un tanto rollizo —advirtió el señor Scully—. Supongo que le gusta la comida que le pongo.

—¿A dónde van los gatos asilvestrados cuando hiela por la noche? —preguntó Ned.

—Supongo que tienen toda clase de sitios para dormir, un hueco en el tronco de un árbol, un antiguo gallinero o algún rincón del bosque. Los animales como éste aprenden muy bien a cuidar de sí mismos. Han de hacerlo cada minuto, me imagino, y eso les obliga a mantenerse ojo avizor y a ser sufridos —dijo el señor Scully.

—Me pregunto en donde nacería —declaró Ned.

—Puede que su madre fuese una gata asilvestrada. Aunque no parece tan tímido como los gatos que ya nacen salvajes. No, quizá fue una cría de la gata de alguien, y se escapó o se perdió, o lo echaron para que se las arreglase como pudiera. La gente hace eso, ya sabes. —De repente, el anciano se inclinó hacia delante—. ¡Ned! ¡Mira! ¡Está jugando!

El gato saltaba en el aire, persiguiendo una hoja que descendía de un arce dando vueltas.

—Ya se siente mejor —dijo el señor Scully.

Ned se estiró sobre la plancha de estaño y apretó su cara contra el cristal. Al ver al gato gris dar vueltas, saltar y lanzar zarpazos, se advirtió alegre y esperanzado; libre de una opresión. Pero luego percibió el vacío del ojo izquierdo del gato que ya revelaba su párpado. Vio el modo en que el gato aún meneaba de vez en cuando su cabeza como si algo cosquilleara dentro de su oreja.

El señor Scully se había sentado ante la mesa.

—Duerme siempre sobre esa vieja colcha —declaró.

Ahora el gato estaba sentado junto al cuenco, lavándose su corto rabo. Ned tomó asiento junto al señor Scully.

—Iba a tirar la colcha —dijo—, pero la dejaré. Le gusta tanto al gato. Probablemente siente que ésta es su casa. Otra cosa que pasa cuando te haces viejo. Te levantas tan pronto por las mañanas, que te parece como si hubieses retrocedido y aún quedara por pasar toda la noche. Pues cuando me pongo junto a la ventana, bombeando el agua para el té, apenas puedo decir si está allí o no está... gato gris, colcha gris y una mañana gris de otoño. Todo se me antoja envuelto en una neblina grisácea. Entonces alza la cabeza, la tuerce y se queda mirando a la ventana... para ver si ya me he levantado. Está empezando a conocer mis costumbres. Los animales aprenden de uno, Ned, del mismo modo que uno aprende de los animales.

Bueno, entonces se estira por delante y por detrás, mira en torno de él, bosteza y ese es el primer pedacito de color que yo veo, la manchita rosada de dentro de su boca. Salta de la nevera, arquea el lomo, corre durante unos instantes, y desaparece durante unos cinco o diez minutos. Pero muy pronto, cuando estoy tomando el té, reaparece, dispuesto para el desayuno. Así que echo algo en el cuenco, descuelgo el jersey del gancho, y salgo por la puerta trasera para poner el cuenco en donde él se ha acostumbrado a encontrarlo, al borde del cobertizo. Ya es menos tímido y me deja mirarlo más de cerca, un poco más cada día.

Cierro la puerta y vuelvo a la ventana. Mira, me localiza con su ojo bueno, y luego va al cuenco y se toma su desayuno. Me gusta verlo cómo se lava. Se lame una pata y la pasa sobre esa cuenca vacía. No parece dolerle. Después de haberse lavado muy cuidadosamente por entero, parte a sus ocupaciones diarias.

La voz del señor Scully era tan vivaz que a Ned le sorprendió. Creía que el anciano no se interesaba mucho por nada que no fuese el pasado, y si iba o no a recibir carta de Doris.

—Es curioso cuán solo puede hallarse un animal —observó el señor Scully en tono pensativo— y estar sin embargo perfectamente.

Por la tarde examinaron cajas de botones que pertenecieron a la madre del señor Scully.

—Fíjate qué viejos son —observó con una voz que, en parte, conservaba la animación con la que había hablado del gato, como el resplandor que resta tras ponerse el sol—. ¡Cuán extraño es que las manos que los formaron hayan desaparecido hace tanto tiempo de la tierra! ¡Qué bonitos son! Mira, este es de nácar, y este de hueso, y este de plata. Es una pena tirarlos, porque con ellos se irían muchos pensamientos humanos. Lo que haré será llevárselos a los Kimball. Con tantos niños, la señora Kimball podrá sacarles un buen partido. Estoy seguro de que no tienen botones suficientes.

Pinchó con un dedo el brazo de Ned, y dejó escapar el cloqueo de una risita.

—Ahora tendrán más botones que ropa —dijo—. Desde luego, el señor Kimball es un tipo independiente, que nunca quiso trabajar al servicio de nadie, así que van tirando... Me parece que ella era enfermera sin título. Imagino que con tantos niños...

—Evelyn es muy simpática —comentó Ned.

—Yo no los distingo —repuso el señor Scully, con una cierta apariencia de estar ido—. Mi mujer no se ocupaba mucho de ellos. Era muy especial.

—¿Qué significa eso de ser especial? —preguntó.

—Pues que no eran muy de su agrado —repuso el señor Scully, ceñudo.

Era tiempo de marcharse, pensó Ned. El periódico estaba doblado en una silla, barrido el suelo, la leña apilada cerca de la estufa, a mano para el señor Scully. Entre los dos habían vaciado hoy una enorme caja. Ya no quedaban muchas. Pero siempre habría más cosas que hacer. Siempre las hay cuando uno vive en una casa vieja, había dicho el señor Scully a Ned.

—Me voy —dijo.

—Gracias, Ned —respondió el señor Scully, observándole con una expresión amable. No sonreía, pero había cierta ternura en sus ojos cuando le miró.

—¿A dónde irá el gato cuando llegue la nieve? —le preguntó Ned.

—Tal vez puedas empujar esa nevera un poco más adentro del cobertizo replicó el señor Scully—. Eso le librará del viento y de la nieve. Para que tenga una especie de nido de invierno.

Miró por la ventana.

—Si todavía sigo aquí yo... —murmuró.

—¿A dónde va a ir usted? —preguntó Ned. Su voz tembló un tanto.

—Yo no *pienso* ir a ninguna parte —repuso ásperamente el señor Scully—, pero yo ya no soy quien decide.
¿Ves esto?

Alzó una mano delgada y huesuda.

—Pues ahora, fíjate.

Muy lentamente, trató de cerrarla en un puño, pero
no lo consiguió.

—No sé, Ned, por cuanto tiempo podré arreglarme yo
solo —dijo.

Sus palabras alarmaron a Ned, pero no se le ocurrió
nada que pudiera decirle. Murmuró que tenía que marcharse y empujar la nevera cobertizo adentro. El señor
Scully asintió, distraído.

Más tarde, camino de su casa, colina arriba, Ned pensó en la mano del señor Scully que no podía cerrarse, y
en las manos de su madre, tan a menudo torcidas y con-
traídas. Se agachó y recogió puñados de piedras que lanzó a uno y otro lado del sendero, esperando que su padre
no estuviese mirando por la ventana y por tanto no viera
lo que estaba haciendo. Ya era bastante triste y angustio-
so pensar en esas manos, que no eran fuertes y sanas como las suyas, para preocuparse encima por el cuaderno
de notas que llevaba en el bolsillo de atrás. Decía que
Ned no había prestado atención en clase. Sus notas no
eran ni malas ni buenas. Papá se mostraría serio; hablaría con aquella voz de cementerio, y recordaría a Ned
que la escuela era su trabajo y que tenía que esforzarse
por hacerlo bien.

La caída de la tarde era fría y dura como la pizarra.
Haría frío el domingo en la escuela, y las clases dominicales se celebrarían junto a la puerta del cuarto de la caldera. Tras sus relatos bíblicos, los niños pequeños recorta-
rían pavos del papel anaranjado con unas tijeras romas,
y se comerían las golosinas que habían quedado de la
víspera de Todos los Santos. Para ellos, las fiestas tenían
un tono anaranjado, excepto las de Navidad, que eran
rojo y verde.

Para el reverendo Wallis, aquella era una de las épo-
cas de mayor trabajo en todo el año. Tendría que cele-
brar un servicio especial el Día de Acción de Gracias, habría de encargarse de la distribución de cestas de víveres

entre los menesterosos del valle —algunos jamás acudían a la iglesia, pero recibirían igualmente sus cestas— y, a finales de noviembre, se ofrecería un espectáculo que mostraría escenas de acontecimientos históricos desde la fundación de la iglesia. Ned haría el papel de aprendiz de carpintero en una escena en la que se derribaba la primera casa de la congregación para hacer posible la construcción de la iglesia actual. Después de aquello, llegaría la época de Navidad y la iglesia se iluminaría todas las noches. Parecería una aldea de gentes que iban y venían, con reuniones de comités, envolviendo los regalos de los niños en papeles de colores, los ensayos del coro y todo el templo rebosante del aroma a bosque del gran pino que se alzaría en el rincón, bajo la galería.

Las señoras de la iglesia solían regalar a la familia Wallis abundantes manjares para la comida del Día de Acción de Gracias. A Ned le gustaba volver de Tyler en el Packard con el asiento trasero lleno de cestas con comida, llevarlas a la cocina y abrirlas. Era un poco como desenvolver los regalos de Navidad. Papá asaba el pavo. Cuando estaba bien hecho y trinchado, papá bajaba a mamá y la colocaba en su silla de ruedas, junto a la mesa redonda de roble, bajo la lámpara de pantalla de cristal.

Este año, imaginó Ned, la señora Scallop se afanaría por toda la cocina, tan colorada como unas brasas, haciendo pasteles y tartas enormes, preparando el puré de patatas y untando de grasa el pavo, mientras explicaba a cualquiera que por allí pasara, cuán maravillosa cocinera era.

¿Saben los fanfarrones que lo son? —se preguntó Ned—. ¿Son verdaderamente conscientes algunas personas de su jactancia? Subió por los escalones de la galería, y por la ventana vio a su padre sentado ante su mesa. Sólo a medias le agradaba el hecho de que papá se hallara en casa.

—Aquí están mis notas —dijo al entrar en su despacho.

Su padre le sonrió, tomó el cuaderno que le tendía y lo examinó durante, creyó, una eternidad.

—Ned, creo que no has estado esforzándote mucho —dijo al fin con voz solemne—. Las notas no son tan importantes. Lo esencial es que te comportes como mejor puedas. Neddy, esto no es todo lo que tú puedes hacer. ¿No es cierto?

Ned meneó la cabeza. Su padre desenroscó la pluma estilográfica para firmar el cuaderno de notas. Dentro de dos minutos aquello habría concluido. Dentro de una semana lo habría olvidado. Dentro de diez años...

—Ned —dijo su padre mirándole inquisitivamente—, ¿tienes algo que decir?

Y como Ned no replicó, su padre suspiró.

—No veo cómo puedo enviar a mi hijo a disfrutar de unas espléndidas vacaciones con su tío si se muestra indiferente a su trabajo —añadió bajando los ojos hacia la mesa.

La esperanza brotó en el corazón de Ned. Pero difícilmente hubiera podido decir a su padre aquello.

—Trataré de hacerlo mejor el próximo mes —repuso mientras se preguntaba si sería capaz de conseguir unas notas tan bajas que su padre no le dejase ir a Charleston con su tío. Papá sonreía ahora.

—Eso es lo que importa —observó.

Ned se sentía disgustado consigo mismo. Quizá los fanfarrones no supiesen que lo eran, pero un mentiroso tenía que saber cuándo había mentido. Y Ned lo sabía.

.   .   .   .

Contra lo previsto, la señora Scallop no asó el pavo del Día de Acción de Gracias para la familia Wallis. Pidió el día libre y fue a Cornwell, allá abajo, cerca del Hudson, para pasar la fiesta con un primo de su difunto marido que allí vivía. El señor Scully comió el pavo con la familia Kimball, y Ned y su padre se encargaron de preparar juntos la comida. Las señoras de la iglesia les habían proporcionado tres pasteles: de carne picada, calabaza y batata. Cuando estuvo dispuesta la mesa, se le antojó a Ned que allí había comida bastante para alimentar a todos los Kimball durante una semana.

Mamá lucía el vestido de seda del color de las lilas. En uno de sus dedos llevaba su sortija con la amatista, su piedra favorita, según le había dicho a Ned. Aquel día, pudo ponerse la sortija porque apenas se le habían hinchado los nudillos. Cuando su padre formuló la oración, añadió una mención especial de agradecimiento por el hecho de que mamá pudiera sentarse a la mesa con ellos. Concluida la oración, papá alzó los ojos y los fijó durante largo tiempo en mamá, situada al otro lado de la mesa. El rostro de su padre parecía joven como cuando, años atrás, solía jugar con Ned antes de que éste se fuese a la cama. Jugaban al escondite, y reía con más fuerza que el propio Ned cuando éste le encontraba.

A excepción de los tonos oscuros de los troncos, afuera ya no había color alguno, pero en la mesa los colores se multiplicaban: las brillantes tonalidades de los manjares, el azul y el blanco de los platos que sólo se empleaban en los días de fiesta, el resplandor que reflejaba la pantalla de la lámpara en torno a la cual desfilaban los animales salvajes.

Nosotros tres, pensó Ned. Y, sin razón alguna, evocó de repente al gato, no terso, inmóvil y perfecto como los animales de la pantalla de cristal, sino desgreñado, sucio y herido.

Su madre estaba diciendo que agradecía especialmente el hecho de que la señora Scallop hubiera ido a rondar aquel día por otra casa, y papá se echó a reír aunque le recordó —como siempre hacía— que la señora Scallop poseía sus virtudes. Mamá observó que, en realidad, deberían pensar en mudarse a la casa rectoral. Ned advirtió que su padre torcía el gesto.

—La vida resultaría más fácil, Jim —declaró mamá—. Y si tanto te desagrada la rectoral, podríamos pensar en alguna casa de Waterville. ¡Imagínate! Sin la señora Scallop, sin las goteras del tejado, los arreglos del sendero, la poda de árboles, y sin tener que pagar al granjero para que siegue la hierba. Viviríamos unos cuantos kilómetros más cerca de la iglesia y no te atormentarías pensando en lo que podría sucederme.

Papá miraba su café, moviéndolo lentamente y a conciencia. Ned sabía que a su padre le gustaba el café más que la mayoría de los platos. Tomaba tazas y más tazas mientras preparaba sus sermones. Luego, alzó los ojos en dirección a mamá.

—¡Es tan hermoso este lugar! —dijo serenamente—. ¿Qué harías tú sin la vista desde los ventanales? ¿Qué haría Ned sin el arce en donde se columpia, sin los prados por los que puede correr, y sin los árboles a los que puede trepar?

—Estoy pensando en todos los pesos que se te quitarían de encima si nos mudáramos —repuso mamá.

—El lilo —murmuró papá—. Lo echaría de menos. Cuando imagino a mi padre remontando el Hudson y viendo esta colina..., cuando pienso en que en esta habitación podrían estar sentadas unas personas extrañas...

—Sería duro —declaró mamá—. Pero hemos de pensarlo. Ned, ¿qué te parecería si nos mudáramos?

—Has pasado toda tu vida aquí —le dijo su padre.

—Lo sé —repuso Ned—. ¿Qué sería del señor Scully? ¿Quién le llevaría el correo o le partiría la leña?

Mas pensaba para sí: ¿Quién cuidaría del gato?

—No nos mudaríamos hasta dentro de largo tiempo —replicó su madre—. Sólo se trata de que tenemos que empezar a pensar seriamente al respecto. Una vez que papá halle trabajo para la señora Scallop...

—...Ned —le interrumpió papá—. ¿Por qué amontonas junto a tu plato todos esos huesos y pellejos de pavo?

Ned dio un respingo. Sintió que el rubor se extendía por toda su cara y por el cuello.

—Son sobras —dijo, tartamudeando un tanto—. Es...

Dejó de hablar. Durante quizá el tiempo que tardó su corazón en latir dos veces, estuvo a punto de contarles todo. Parecían tan cordiales sus caras bajo aquella luz color limón y le miraban muy cariñosamente.

—Es para Sport, el perro de Evelyn Kimball, que está atado con una cadena. Pensé que se halla muy delgado y que los Kimball no tienen mucho que darle. No come gran cosa. Imaginé que unas golosinas no le vendrían mal...

Cerró la boca. Le sonrieron. Sabía que era posible, incluso que su padre le alabara por su caridad. Su padre hablaba con frecuencia de la caridad como si fuese una persona a quien estimara.

Sintió que su estómago se encogía como cuando tenía que acudir al dentista para que le hiciese un empaste.

Había necesitado tres minutos para bajar la escopeta del desván. Con aquella arma empezaron sus cuitas. Y sin embargo, la escopeta apenas parecía importar ahora. Era como si él se hubiese mudado, no a la casa rectoral junto a la iglesia, o a Waterville, sino a miles de kilómetros de su hogar. Lo que importaba es que tenía una vida nueva y extraña de la que nada sabían sus padres, y que debía seguir ocultándoles. Cada mentira que les decía agrandaba el secreto y eso significaba nuevas mentiras. No sabía cómo detenerse.

Se levantó apresuradamente de la mesa y recogió algunos platos para llevarlos a la cocina, angustiado y avergonzado cuando observó sus rostros y observó escrito en ellos el orgullo que experimentaban por él.

La fuerza de la vida

A Ned le gustaba la nieve, el murmullo que emitía cuando la pisaba al caminar, un sonido como el de las velas al apagarlas, el volver adentro hacia el calor, y detenerse ante la rejilla de la estufa del vestíbulo, de donde brotaba el calor entre olor a polvo y a metal, y tornar afuera, tiritando para agacharse a coger un puñado de nieve, y apretarla con sus mitones húmedos hasta convertirla en una dura bola que lanzaría todo lo lejos que pudiera; y el susurro de los patines de su trineo cuando se deslizaba por laderas tersas, relucientes y duras como grandes piedras preciosas.

El primero de diciembre cayó una gran nevada. Cuando Ned miró por su ventana a la mañana siguiente, el río relucía como una serpiente de luz que se retorciera entre los montes cubiertos de nieve.

Desayunó a toda prisa, demasiado preocupado para leer el relato del paquete de cereal. La señora Scallop estaba de mal talante aquella mañana y le dejó en paz; su mirada pasó sobre él como había pasado sobre las sillas de la cocina.

En la galería se detuvo para respirar hondo aquel aire que sabía, imaginó, como el agua del centro del océano. Luego empezó a caminar sobre la nieve. Dejó atrás el Packard y sus ventanillas invisibles bajo la blancura, y el manzano silvestre con sus ramas sobrecargadas. Bajó luego la larga cuesta, tratando de imaginar en dónde podría hallarse el sendero cubierto por la nieve. Cuando llegó a la casa del señor Scully, sus chanclos rebosaban de nieve y tenía los pies húmedos. Las contraventanas estaban cerradas; la casa ofrecía una expresión adusta como si sintiese el frío.

Ned la rodeó hasta que pudo distinguir el cobertizo. Allí había sobre la nieve huellas de botas que conducían hasta el lugar, y que volvían después a la puerta trasera. Supuso que el anciano se había llevado el cuenco del gato; no lo vio por ninguna parte. No era posible dejar nada afuera con ese frío, se congelaría. El señor Scully le había explicado que, para los animales, representaba un gran problema hallar agua en el invierno. Podían enfermar si lamían la nieve o el hielo.

Ned observó fijamente el cobertizo. Tal vez el gato estaba dentro, acurrucado tras los troncos en un reducido espacio en donde su propio aliento le mantuviera caliente. Llegaría tarde a la escuela si no reanudaba su marcha, pero siguió observando atentamente todo el patio como si así pudiese lograr que el gato surgiera de la nieve y del cielo gris. Su mirada pasó en dos ocasiones sobre la nevera. A la tercera vez vio que el bulto inmóvil de la parte superior era, no sólo la colcha, sino el gato, unidos en una sola silueta por la nieve en polvo.

Ned contuvo la respiración durante un instante y luego se dirigió hacia el cobertizo, colocando sus propias huellas sobre las del señor Scully. Estas se habían helado y crujían bajo el peso de Ned, más el gato no alzó la cabeza. Ned se detuvo a muy corta distancia, pero comprendió que no podía oírle por obra de su sordera. Podría haberse acercado más de lo que nunca había logrado; tuvo sin embargo el súbito presentimiento de que el gato enloquecería de miedo cuando le oyera.

Al volver hacia la fachada principal de la casa vio huellas recientes en el camino. Podía afirmar que del camino se trataba, porque distinguía las cunetas a uno y otro lado. Supuso que pertenecían a Billy. Resultaba curioso pensar que el arrogante Billy hubiese pasado resoplando junto a la casa del señor Scully, sumido en sus propios pensamientos, mientras que, a tan sólo unos metros, él, Ned, había estado buscando el gato. Encontró también las huellas de Evelyn y, más tarde, las de Janet, las más pequeñas de todas. Se sintió fantasmal, como si le hubieran dejado solo en un mundo blanco y silencioso.

En algún punto del pinar cayó la nieve de una rama, pues oyó el fuerte impacto, y luego el sonido más tenue que hizo la rama al alzarse, aliviada del peso. Pensó en el gato, evocando su aspecto sobre la colcha. ¡Cuán quieto estaba! ¿Por qué no se había aproximado al animal? ¿Por qué no lo había examinado de cerca y tocado su piel? ¿Por qué estaba tan inmóvil, quieto como la muerte, quieto como aquel ratón de campo que encontró el verano anterior, muerto sobre la hierba, cerca del pozo? Llegó a la carretera asfaltada, cubierta de nieve sobre la que algunos coches habían dejado la impronta de sus cubiertas. Sentía un fuerte deseo de volver atrás, de hacer novillos por primera vez en su vida. El señor Scully, tan mal de la vista, quizá no distinguiera al gato en lo alto de la nevera, tal vez no le dejara comida. Inquieto y tiritando, con los pies entumecidos, Ned penetró en la escuela.

Se esforzó por concentrarse en sus lecciones, por observar la caligrafía redonda y regular de la señorita Jefferson, quien escribía en la pizarra los versos de una poesía de Thomas Gray que habían de aprenderse de memoria aquella semana. Pero, a pesar de sus esfuerzos, persistía en su mente la imagen del animal inmóvil sobre la colcha vieja y andrajosa. La última semana, en una tarde lluviosa, el gato observó a Ned, inclinó su cabeza como si tratara de verle mejor. Su único ojo, contraído, le recordó un grano de trigo.

«El toque de queda dobla a muerto por el día, El mugiente rebaño serpentea lentamente allende los prados...»

Ned leyó varias veces los versos antes de copiarlos en su cuaderno. Sus horas en la escuela le resultaban muy duras. La ausencia de atención por todo lo que sucedía a su alrededor, venía desde que, en el otoño, el señor Scully y él vieron al gato. Ahora se sentía aliviado cuando el gato se hallaba donde él pudiese verlo o angustiado cuando ignoraba dónde estaba.

Por la tarde, camino de regreso, Ned se peleó con Billy.

Cuando se encaminaba por el sendero hacia su casa,

Janet tropezó en una raíz oculta. Cayó hacia adelante, soltando sus libros. Ned los recogió, los limpió de nieve y se los entregó cuando ella se puso en pie.

—¡Qué niño tan bueno! —gritó Billy—. ¡El niño bueno de mamá!

Ned experimentó un único e intenso impulso. Su brazo giró como una cadena de plomo, y de un golpe, derribó en la nieve a Billy, que lanzó un triunfal aullido de júbilo. Janet abrió la boca de puro asombro.

La tarde estaba ya avanzada, la temperatura había descendido, y la nieve se hallaba helada. Billy y él rodaron por el hielo, agarrándose recíprocamente orejas y cara.

—¡Quietos! —gritó Evelyn.

—¡Los chicos! ¡Odio a los chicos! —gimió Janet.

Ned y Billy se pusieron en pie. Billy conservaba puesto su gorro de punto. A Ned, que lo observaba, le pareció ridículo, tan alto sobre la cabeza enorme y redonda de Billy. Y de repente Billy le sacó la lengua. Ned se echó a reír, y un instante después, Billy también reía. Evelyn les lanzó una mirada de reprobación y reanudó su camino, pero Janet se quedó allí, extrañada, y preguntó a Billy si le *gustaba* que le derribaran de un golpe. Él se limitó a sonreír.

Por primera vez desde hacía tiempo, Ned se sintió él mismo, o como pensaba que en realidad era. Billy y él caminaron amigablemente todo el camino hasta la casa del señor Scully, hablando de hockey y de que, para entonces, tenía que estar ya helada la charca próxima a la escuela; quizá los chicos mayores les permitirían este año patinar en torno a los límites del área de juego. Ned recordó cómo patinaban aquellos chicos, manteniendo atravesado en diagonal el palo por delante, cómo centelleaban sus patines de competición contra el hielo agrietado y reblandecido, cómo les gritaban a Billy y a él para que no se interpusieran en su camino, y cómo poseían la apariencia de guerreros.

Billy se dirigió a su casa y Ned recorrió patinando la mayor parte del trecho en cuesta hasta el buzón del señor Scully, en la carretera. Hoy no había periódico; supuso que la nieve habría cerrado el paso al chico del reparto. Pero había una nota escrita a mano en donde se anunciaba que muy pronto se abriría, en la carretera, una nueva

93

estación de gasolina. El viejo Ford del señor Scully se hallaba prácticamente enterrado en la nieve. Ned imaginó que su padre recogería las provisiones del señor Scully, como hacía siempre que el tiempo era malo, y el señor Scully temía quedarse atascado en cualquier sitio.

Tenía helada la barbilla; se la protegió con los mitones, y mientras ascendía hasta la casa, pensó en lo bien que le sabría una taza de té caliente. Agarrándose a las tablas de la caseta, avanzó sobre una placa de hielo. Dirigió sus ojos hacia la nevera, bajo el cobertizo. El gato estaba tendido sobre la colcha, tal como lo había visto por la mañana. Ned gimió ruidosamente. Volvió entonces la vista hacia la casa. El señor Scully observaba al gato por la ventana de la cocina.

Ned echó a correr, tropezó y resbaló. El señor Scully tardó una eternidad en abrir la puerta trasera.

—¿Está muerto? ¿Está muerto el gato? —gritó Ned.

—Entra. ¡Entra, rápido! No dejes que penetre el frío.

Ned se recostó contra la mesa de la cocina. La nieve de sus chanclos se fundió y formó un charquito en el suelo. No apartó sus ojos del rostro del señor Scully.

—Quítate las prendas húmedas, Ned —dijo quedamente el anciano—. No, al menos no ha muerto todavía. Ayer, inmediatamente después de que te fueras a tu casa, le vi remover su colcha. Se echó y parecía estar bien. Pero cuando le llevé la cena, no prestó atención como habitualmente hace. Empezó a nevar y no sabía qué hacer. No quería arriesgarme a cogerlo y meterlo más adentro del cobertizo. Estos gatos silvestres pueden atacarte. Y pensé además que quizá lo asustaría si lo intentaba, es un animal tan tímido. Seguí observándole mientras la nieve se espesaba y él sin moverse. Finalmente me fui a la cama. Ya te he explicado, Ned, lo mal que duermo. Los viejos no duermen como los jóvenes, se despiertan con facilidad. Tal vez fuese el final de la nevada lo que me despertó. Bajé las escaleras con mi vela y me acerqué hasta aquí, junto a la mesa. Decidí tomar una taza de té. Quítate el abrigo, Ned. Ponlo en esa silla, al lado de la estufa. Una de las pocas cosas buenas que tiene la edad es que puedes satisfacer tus pequeños caprichos. Cuando yo era joven jamás habría imaginado tomar una taza de té en mitad de la noche. ¿Quién ha oído siquiera hablar de semejante cosa?

Ned no fue capaz de menear la cabeza, ni de sonreír o decir una sola palabra.

—Tranquilízate —dijo el señor Scully—. El gato está enfermo. Eso es lo que estoy explicándote. En cualquier caso, miré hacia el patio. Conseguí verle porque, como ya te he dicho, para entonces había dejado de nevar y estaba despejado. Así que me puse el abrigo y las botas, me dirigí a la nevera y me acerqué al gato. Al principio pensé que estaba muerto, que se había subido hasta allí para morir. Sin embargo, al cabo de un rato le oí respirar, apenas un murmullo de aire que inspiraba y que luego dejaba escapar. En realidad llegué a poner mi mano sobre su cuello. Entonces hizo un ruido —pobre diablo, no era un ronroneo— como el de una piedra rayando un cristal. Me imagino que también le dolía la garganta. Coloqué el cuenco con la comida sobre la colcha, junto al animal. Alzó la cabeza y lo observó de soslayo con su ojo. Pero no quería comer. Dejó caer otra vez la cabeza, así que me traje el cuenco. De haberlo abandonado allí, se habría congelado. Desde entonces le he sacado comida varias veces. Pero ahora ni siquiera se molesta en mirarla.

—¿Está muriéndose por lo que le pasó en el ojo? —preguntó Ned con voz ahogada.

—No lo creo. La gente pone raticida en sus graneros. Es posible que comiera algo de eso. Pudo sucederle cualquier cosa. ¿Es una carta eso que traes en la mano?

Ned le entregó el anuncio de la nueva estación de gasolina.

—¡Bah! —exclamó el anciano, arrugándolo hasta convertirlo en una pelotilla que arrojó a la estufa.

Ned se puso su abrigo y salió de la cocina. El señor Scully no profirió una sola palabra para detenerle.

Durante el tiempo que había permanecido dentro, había cambiado el aspecto del día. Ahora poseía el silencio de la medianoche, ese tipo de silencio que había percibido Ned cuando le empezaba un dolor de garganta o unos retortijones de tripa debidos a un atracón de postre y dulces.

Se dirigió hacia la nevera, pisando fuerte sobre la nieve. El gato no se movió. Ned se acercó más. Se agarró a la nevera y escrutó al gato. Tendió una mano por encima de su lomo. Cuando más bajaba la mano, más sentía que el animal seguía con vida, aunque fuese por poco. Era una diferencia apenas apreciable, pero él creía percibirla en sus dedos.

—¿Verdad que lo notas? —preguntó el señor Scully a Ned cuando regresó a la cocina—. Es extraño pero siempre se conoce.

—Morirá helado —afirmó Ned.

—Nunca puedes saberlo. Si la temperatura no baja mucho más, tal vez sobreviva. Yo le permitiría entrar pero no quiere. Le dejé la puerta abierta y escapó.

Resultaba magnífico en el señor Scully —pensó Ned—, el gesto de haber ofrecido al gato el refugio de la casa.

—Bueno, pues sí —declaró el anciano como si Ned hubiera hecho en voz alta aquella reflexión—. Lo intenté, pensando en la proximidad del mal tiempo y en que no se hallaba en buena forma para cazar. Pero parecía estar cobrando fuerzas. Y cuando le vimos jugar, creí que podía tener una verdadera oportunidad. Aquí está tu té. Vamos a sentarnos junto a la estufa. Luego te agradecería que me bajases del desván la última caja. Sé que se encuentra allí, porque no está en la sala. Una vez que acabemos con esa caja, todo este lugar quedará en orden. En tanto orden como puedo yo conseguir.

Ned bebió su té. Le calentó y le vigorizó; por un rato dejó de pensar en el montoncito gris sobre la colcha. Por una escalerilla ascendió hasta el agujero que le permitía llegar al desván, y encontró lo último que allí había. No era una caja sino una bolsa de cuero cerrada por una correa. El cuero estaba ya casi podrido. En aquel oscuro espacio sólo quedaban telarañas y tablas viejas de las que asomaban clavos enmohecidos.

Colocó la bolsa sobre la mesa de la cocina y el señor Scully soltó la correa con mucho cuidado.

—Mira esto... —dijo asombrado.

La bolsa estaba llena de prendas infantiles. Sobre la mesa cayó una cuchara ennegrecida de curvado mango.

El anciano la frotó con un dedo y en aquel punto apareció brillo.

—Plata —dijo quedamente—. Con ella comía Doris su plato de cereales...

Había unas botitas de alta botonadura que antaño fueron blancas, y ahora tenían el color de grumos de leche. El señor Scully sostenía un vestido de algodón adornado con puntillas, con un cuello de croché que se deshacía en su mano.

—Esto fue lo que llevó en una fiesta de cumpleaños en Poughkeepsie. Mi... mi... y pensar que se marchó al Oeste.

Por unos instantes observó fijamente a Ned, y luego meneó su cabeza como si estuviera diciendo *no* a algo.

—Tengo que tirar todo esto. Ya no sirve de nada.

Ned fregó las tazas y apiló palos junto a la estufa. Luego se puso el abrigo. El señor Scully dijo:

—Ned, aguarda...

Ned se detuvo junto a la puerta. El señor Scully le miró. Luego declaró:

—Mientras estabas en el desván, observé al gato. Estoy completamente seguro de que levantó la cabeza.

Cuando Ned se dirigía a su casa, sobrevino la oscuridad. Sentía frío y cansancio, y le atenazaba el miedo por la vida del gato. Luego vio brillar las luces a través de las ventanas de su casa; evocó las voces de sus padres y el eco de aquellas voces, que parecía llenar habitaciones y pasillos aunque estuviesen callados, papá trabajando en su despacho, y mamá leyendo en su silla de ruedas.

Miró a través de los ventanales del cuarto de estar y vio los sauces del empapelado que eligió su abuela, la parte superior del lomo del león de bronce y la pantalla de pergamino de la lámpara junto a la que su padre leía el periódico. La estancia se hallaba vacía. Por un instante, sintió como si hubiesen transcurrido años desde que salió camino de la escuela, aquella mañana. Echó a correr hacia la casa, salvó los escalones de la galería, abrió la puerta de un tirón y prosiguió su carrera hasta el pasillo.

El abrigo de su padre colgaba del perchero. Su dobladillo caía sobre los mangos de dos paraguas que jamás había usado. Sobre la mesa, en donde su padre dejaba a menudo su vieja cartera de cuero —y en ocasiones una caja de chocolatinas que compraba en Waterville— vio un sobre dirigido a él. Era la primera carta que le enviaba directamente tío Hilary. La abrió. Decía así:

Querido Ned:
En nuestro viaje al Sur, podemos detenernos para visitar una isla de la que recientemente he tenido noticia, y en donde hay pequeños caballos salvajes que viven en un bosque. Cabe suponer que existe un transbordador para llevar a la isla el correo y las provisiones, así que emplearemos ese barco. Asegúrate de traer libros. Llamaré por teléfono desde Nueva York tan pronto como haya realizado todas las gestiones relativas al viaje. Siento únicamente que tus vacaciones no sean de un año en vez de diez días. Pero desde luego, una persona sólo tiene un año de vacaciones cuando aún no ha cumplido los cinco de edad.

Ned dio un respingo al darse cuenta de que sólo quedaban unas pocas semanas para que llegara Navidad. Se quedó allí, con su abrigo aún puesto, preguntándose qué podría salvarle de aquellas vacaciones que temía casi tanto como si hubiese de pasarlas a solas con la señora Scallop. Entonces apareció ella, dirigiéndose hacia Ned, con un dedo sobre los labios. Como rara vez le decía algo más que hola, no conseguía imaginar por qué le advertía para que guardara silencio.

—Debes estar muy callado —dijo con un sonoro murmullo—. Tu madre se encuentra muy enferma.

Ned se despojó de su abrigo, lo lanzó al perchero y se encaminó hacia la escalera.

Cuando puso el pie en el primer escalón, percibió un tembloroso suspiro que era casi como una palabra que descendiera de arriba. Se detuvo, asustado. Titubeante, volvió la mirada hacia la señora Scallop. Ella le hizo un signo de asentimiento como si se hallara satisfecha.

Entonces subió los escalones de dos en dos. Iba deprisa y, sin embargo, no quería llegar: oyó un segundo suspiro, un tanto más tenue. Llegó a lo alto de la escalera y distinguió a su padre inclinado sobre la cama de su madre. Su padre alzó los ojos, le vio, tornó la mirada a la cama y luego salió prestamente del dormitorio para dirigirse hacia Ned.

—Está sufriendo —dijo papá en voz baja—. El dolor ha disminuido, pero se encuentra muy débil. Será mejor que no entres ahora, Neddy. Ve a cenar. Yo me quedaré con ella hasta que se duerma.

Ned cenó en la mesa de la cocina, atentamente vigilado por la señora Scallop, cuyos labios se movían tenuemente cada vez que tomaba un guisante con el tenedor. Había hecho «pudin» de chocolate que era casi su postre favorito. Pero no disfrutó con el «pudin», porque su mente estaba ocupada, bien por su madre o por el gato. La señora Scallop advirtió que no comía y dijo:

—La señora Scallop tiene fama por su «pudin» de chocolate, y sin embargo, Neddy es tan ingrato ante semejante manjar, que se limita a juguetear con ese maravilloso «pudin» en su cuchara.

—¿Qué le importa a usted si yo como o no como? —gritó de repente.

Jamás había respondido así a ninguna persona mayor, y se sorprendió de sí mismo. La señora Scallop le miró con fijeza, con su delgado labio inferior protuberante, como el de un niño que hace pucheros.

—¿Cómo es posible que me levantes la voz? —preguntó tan débilmente que pareció que su garganta se hubiese contraído hasta tener la anchura de un alfiler. Para consternación de Ned, en el párpado inferior de su ojo derecho apareció una enorme lágrima. Una lágrima, comentó para sí, a pesar de su turbación. ¿Cómo es posible que una persona pueda llorar una sola lágrima de un solo ojo?

Se levantó tan deprisa que derribó la silla. Mientras la recogía, murmuró una disculpa. La lágrima descendió lentamente por su ancha mejilla. Le dijo que debía ir al piso de arriba para hacer sus tareas escolares y que hoy no tenía hambre, si bien le agradecía el «pudin». Se aferraba con tanta fuerza al respaldo de la silla que oyó crujir la madera.

—Bueno, a mí me *importa* que tú comas —repuso la señora Scallop con voz infantil.

—Oh, ya sé que es así —dijo Ned, y comprendió que aquellas palabras parecían de su padre. Torpemente, y tras hacer una media reverencia, consiguió salir de la cocina.

Cuando llegó a lo alto de la escalera, advirtió que en la habitación de su madre había una lamparita encendida cerca de las ventanas. Su padre se había quedado dormido en la silla, al lado de la cama. Ned se asomó al umbral y vio a mamá, su cara blanca junto a la almohada, muy abiertos los ojos. Se llevó un dedo a los labios, como había hecho la señora Scallop, y señaló a papá. Le sonrió débilmente y Ned trató de devolver la sonrisa.

Fue a su habitación. ¡Qué día! El mejor momento fue cuando se peleó y después se reconcilió con Billy. Se sentía casi feliz cuando cerró la puerta, encendió la luz y vio los libros de su estantería y su cómoda pintada de amarillo. Se adelantó y se sentó en la pequeña silla entretejida que tío Hilary le trajo de las islas Filipinas años atrás. Apenas cabía ahora allí. Permaneció durante largo tiempo sentado en la silla, observando el parpadeo de las luces al otro lado del río, satisfecho de hallarse lejos del dolor y de las extravagancias de las personas mayores.

Más tarde, cuando se deslizó bajo su manta, descubrió que no podía dormir. Por un momento, pensó en emprender uno de sus tardíos paseos nocturnos por la casa, pero de repente recordó el vacío, harto extraño, del cuarto de estar cuando lo observó a través de las ventanas, al regreso de su visita al señor Scully. No era sólo que no hubiera habido nadie en aquella estancia. Era como si toda la casa hubiese estado vacía.

. . . .

El frío no disminuyó durante varios días; Ned y el señor Scully pasaron un tiempo considerable ante la ventana de la cocina, observando al gato. Seguía alzando su cabeza de vez en cuando y cada vez que ello sucedía, Ned y el anciano proferían exclamaciones, y uno u otro comentaba que aún seguía con vida. Se turnaron en sacar cuencos con comida. En una ocasión, Ned empujó el cuenco contra la cara del gato y este emitió un sonido.

—Fue como una llave mohosa girando dentro de una cerradura —informó al señor Scully.

—Quiere que le dejen solo —afirmó resueltamente el señor Scully—. Y eso es, Ned, lo que tenemos que hacer: dejarlo solo.

—¿No podríamos llevarlo a un veterinario?

—No creo que un veterinario pudiera acercársele. Por débil que esté, cuando toqué esta tarde su cabeza antes de que tú llegaras, me bufó y abrió la boca. Fíjate, Ned, es un gato salvaje. Hemos de aguardar y tener paciencia hasta ver lo que sucede. En cualquier caso, yo no tengo dinero para pagar a un veterinario.

Al día siguiente, el señor Scully y Ned llegaron a la conclusión unánime de que el gato estaba muerto. Había caído una nevada ligera y fugaz por la tarde, y el animal se hallaba cubierto por una capa de nieve. El señor Scully fue incapaz de advertir el más leve rastro de aliento.

—Apártate de la ventana, Ned. Acabarás por hacer un agujero en el cristal. Si el gato está muerto, yo me lo llevaré mañana. Quiero hablarte acerca de unas cuantas cosas que me preocupan.

Ned se apartó de mala gana de la ventana y se sentó frente al señor Scully, que se hallaba al otro extremo de la mesa de la cocina.

—Se trata de la chimenea de la estufa —dijo el anciano.

Había alzado la voz y su piel moteada poseía una tonalidad enfermiza. Ned comprendió que se sentía inquieto.

—Hay un montón de cosas que resulta preciso hacer —prosiguió el señor Scully, hablando con rapidez—. Habrá que limpiar esa chimenea o arderá la casa conmigo dentro. He escrito una carta a Doris y te agradecería que se la entregaras al reverendo para que él la remita. Te daré los dos centavos del sello. ¡El invierno es una época muy mala, muy mala...! Tan sólo unos pocos grados de diferencia en la temperatura y mira lo que sucede.

La voz del anciano, su tono exasperado, reveló ahora a Ned que estaba cansado del gato. Su corazón se contrajo. Era como si el gato pesara cien kilos y ahora tuviera él que llevarlo solo.

Llevó a su casa la carta del señor Scully a Doris, y se la entregó a su padre junto con los dos centavos para el sello. Cuando subió al piso de arriba, vio que por vez primera desde su ataque en el día de su pelea con Billy, su madre se hallaba vestida y en su silla de ruedas. Estaba pálida, pero tan pronto como le vio, sonrió y le dijo que entrara. En una de sus manos sujetaba su taza favorita de porcelana, pintada con capullos y pétalos de rosa; era tan fina que filtraba la luz.

—No pongas esa cara de preocupación, Ned. Estoy mucho mejor dijo.

Se acercó a ella; ésta apartó su mano de la taza y la puso sobre la suya. Había disminuido la hinchazón de sus articulaciones. Él sabía que eso era lo que ella quería que advirtiera.

—Es un misterio —afirmó—. Al parecer, nadie conoce lo que produce un empeoramiento o una mejoría. Es como navegar en una pequeña lancha entre arrecifes. Nunca sabes con qué o cúando vas a chocar. Estoy cansada, pero eso es todo. Casi pienso que podría andar. Y ha pasado bastante tiempo desde la última vez que lo intenté. Tengo muy débiles las piernas, pero creo que sería capaz.

Lentamente, sacó un pie de la manta que cubría sus rodillas y su regazo.

—Tío Hilary te trajo esas zapatillas de China —observó Ned.

—Nos trae el mundo entero, ¿no es cierto? ¿No te alegra ir de viaje con él?

Era difícil mentir. En vez de responder a su pregunta le replicó que tenía que volver a casa del señor Scully. Había olvidado llevar una segunda carga de leña para la estufa, y hacía tanto frío que el señor Scully podría necesitarla.

Corrió escalera abajo, se puso el abrigo y permaneció afuera, tiritando bajo el manzano silvestre, en el flanco septentrional de la casa. Cuando alzó los ojos hacia la ventana de cristales coloreados del descansillo de la escalera, supo que jamás se había sentido tan angustiado en toda su vida. A través de la ventana de la cocina vio a la señora Scallop de pie junto a la pila. Parecía estar cantando. De repente, agitó ambos brazos como si estuviese dirigiendo una orquesta. Sostenía una patata en una mano y una zanahoria en la otra. A pesar de sentirse tan mal en aquellos momentos, Ned se echó a reír. Hasta aquel momento nunca habría creído que la señora Scallop sería capaz de hacer que se sintiese mejor, pero así había sido.

Se levantó temprano al día siguiente, que era sábado, y partió hacia la casa del señor Scully sin detenerse a desayunar.

El tiempo había cambiado. El cielo estaba despejado, y Ned descendió por la ladera a la pálida luz de un sol invernal. De los prados se alzaba el murmullo de los crujidos del hielo y de la nieve al deshelarse.

Ned pisó fuerte para sacudirse la nieve de las botas y penetró en la cocina. El señor Scully estaba mirando por la ventana. Se volvió hacia Ned. Todos sus dientes se tornaron visibles cuando su boca se ensanchó en una inmensa sonrisa.

—¡Pues no estaba muerto, ni mucho menos! —gritó a Ned, aunque éste no se hallaba a más de un metro de él—. ¡Ese tipo se ha marchado! Mira hacia allá. Se levantó y se fue. Puedo distinguir las huellas de sus zarpas por allá, bajo la rama del pino. ¿Ves? Sea lo que fuere —veneno, gérmenes— lo ha echado afuera. Ahora ha ido a ocuparse de sus cosas. Resistió. Yo le di por muerto ¡pero me engañó! ¿No resulta maravilloso eso de que te engañen así?

Ned se hallaba deslumbrado. La felicidad surgió como un fuerte espaldarazo. Olió el café que acababa de prepararse el señor Scully y el humo de la madera, y se fijó en el color mantecoso del rayo de sol que caía sobre la mesa de la cocina, y también en el de la ennegrecida colcha, que había dejado de ser el lecho para un animal moribundo.

Oyó pasar el Packard y deseó ir dentro, sentado junto a su padre. Al fin y al cabo, de haber sabido lo del gato, podría haber ido a la iglesia con él. Papá tendría que reunirse con los diáconos para preparar los programas de Navidad, y en el sótano, las señoras de la sociedad asistencial estarían ensartando arándanos y bolas de palomitas, maíz, almibarando manzanas y envolviendo regalos para los niños de la congregación. Quizá incluso fuese hoy el día en que se abrían las grandes puertas de la iglesia para que media docena de hombres introdujeran el enorme árbol. Alguien subiría a la galería y pondría en su sitio la gran estrella, y luego habría que adornar el resto del árbol. Y para la Nochebuena, el árbol llenaría toda la iglesia con su maravilloso aroma a pinares espesos y a nieve, y se percibiría también el olor a menta de los bastones de caramelo. ¡Pero él no estaría allí! Él se hallaría camino de Charleston con el tío Hilary.

El señor Scully estaba diciéndole que se sentía tan animado que pensaba en fumar un poco de tabaco, aunque ya estaría seco y no valdría la pena encenderlo. Su pipa se encontraba en la sala, y cuando fue a buscarla y abrió la puerta de par en par, Ned percibió la frialdad de un ambiente con olor a manzanas. El señor Scully guardaba sus cestas de manzanas en la sala, junto a un saco de patatas y otro de cebollas. El señor Scully regresó a la cocina con su pipa de espuma de mar, que en su cazoleta lucía, tallada en ámbar, la cabeza de un perro «coolie». A Ned se le antojó que el anciano parecía más fuerte de lo que había estado desde hacía mucho tiempo. Se movía con rapidez mientras cargaba de tabaco su pipa, sacaba una cerilla de la cajita de estaño del alféizar y la encendía.

—Volverá y lo alimentaré —afirmó el señor Scully—. Ahora tendrá hambre y querrá recobrar sus fuerzas. La señora Kimball me trajo ayer un pollo. Le daré algo. Ya verás... Pronto lo veremos correr por aquí.

—También usted se alegra —dijo Ned, sorprendido.

Había creído que el anciano, simplemente, estaba mostrándose paciente con él y que había atendido a la preocupación de Ned por el gato. Ahora podía advertir que el señor Scully se sentía responsable del animal. Más que eso, que se había compadecido de él.

—Pues claro que me alegro —repuso el señor Scully muy serio—. Cuando uno llega a mi edad, la fuerza de la vida en una criatura no puede por menos de alegrarle el corazón. No sé la razón, pero así es.

La señora Scallop debía hallarse en algún lugar del piso de arriba cuando Ned volvió a casa. De ese modo pudo desayunar solo en la cocina. Fregó sus platos y los puso a secar. Luego, subió a la habitación de su madre.

—Me alegra irme con el tío Hilary —le dijo.

Ella se echó a reír y replicó:

—¡Naturalmente! Esa es la respuesta a lo que te pregunté ayer, ¿cierto? A veces te lleva algún tiempo responder a una pregunta.

No pudo explicar todo lo sucedido desde el día anterior y por qué se sentía mucho mejor.

—Tengo algunas noticias. Papá se ha llevado en el coche a la señora Scallop esta mañana. A Waterville. Ha encontrado trabajo para ella en una residencia de ancianos. ¿Recuerdas cuando hablamos de que lo que necesitaba era un pequeño país para gobernarlo ella sola? Quizá pueda conseguir uno. Papá la ha llevado a que la entrevisten. Lucía un sombrero que parecía un pastel de calabaza. Quizá lo fuera, en realidad. En cualquier caso, estoy segura de que impresionará a las personas que van a contratarla.

—¿Cómo le dijo papá que ya no iba a seguir viviendo con nosotros?

Volvió a reír.

—Tuvimos que ensayarlo todo —repuso—. Desde luego, él no quería mentir. Pero tuvo que enmascarar un tanto la verdad. Le explicó que estábamos pensando seriamente en mudarnos a la casa rectoral, y que lo que de verdad necesitábamos era una enfermera no titulada que me atendiese hasta que nos mudáramos. ¡Me alegra tanto que se vaya!

Su madre suspiró y miró por las ventanas.

—¡Qué día tan espléndido! Me gusta esta tibieza que surge en mitad del invierno. Bueno, era una mujer que sabía hacer su trabajo. Lo reconozco. Pero creo que me desagradaba inmensamente, porque no admiro lo suficiente eso de ir con el corazón en la mano. En realidad, sospecho que su auténtico corazón debe parecer como una de esas esterillas que ella hace.

Ned comprendió que, de hecho, mamá estaba hablando consigo misma. Aún seguía mirando por la ventana, y en su voz había un acento de ensoñación.

—¿Pero va a venir de verdad una enfermera sin título? —preguntó.

Se volvió y le sonrió como si de repente la hubiese visto allí, de pie y con una mano apoyada en el brazo de la silla de ruedas.

—Sí, y será la señora Kimball.

—¿La madre de Evelyn?

—Desde luego. Su último bebé, Patrick, se alimenta ya de biberón, así que cualquiera de sus otros hijos puede cuidar de él. Tu padre habló con ella hace varias semanas; nos vendrá bien a todos.

—Todo llega —dijo Ned.

—Siempre es así —replicó mamá.

Navidad

La señora Scallop, dijo papá a mamá de modo que Ned pudiera oírle, cumplía los requisitos exigidos en la residencia de ancianos. La entrevista había resultado del todo satisfactoria; los propietarios de la residencia se habían mostrado especialmente impresionados por su conocimiento del modo de hacer apetitosos los sobrantes de comida del día anterior, y también por los sentimientos cordiales que, según dijo, revelaba con los ancianos. Permanecería con la familia Wallis unos cuantos días más antes de asumir su nuevo puesto.

—Ahí está ese corazón otra vez —dijo mamá, sonriendo a Ned.

—Espero que no os burléis de la pobre señora —añadió papá.

—Una esperanza sin fundamento, Jim —observó agriamente mamá.

—He de reconocer que no siento que se vaya —reconoció papá.

La señora Scallop se mostró más altanera que nunca, pero aquello apenas le importaba ya a Ned. La confusión y los temores de los últimos meses eran cosa del pasado de tal modo, que cuando recordaba algún acontecimiento, como por ejemplo el nacimiento de los gatitos de Janet, se decía a sí mismo: eso fue durante la época en que yo estaba tan asustado y preocupado.

Luego, en unos minutos de una fría tarde, todo cambió.

Billy y él habían caminado juntos desde la escuela hasta la casa del señor Scully. Habían hablado acerca de todas las cosas que más les gustaban de la Navidad. Billy afirmó que absolutamente lo mejor era no tener que ir a la escuela.

Ned corrió hacia la parte trasera de la casa, pisó con fuerza sobre el escalón para desembarazar de nieve sus botas y abrió la puerta de la cocina. Hacía mucho frío adentro. La roja línea del fuego no enmarcaba la portezuela de la estufa. Sobre la superficie de estaño próxima a la bomba, se amontonaban unos cuantos platos sucios. En la mesa había un paquete de copos de avena y el cuenco del gato, rebosante de mendrugos de pan de maíz y pedazos de bacon, y cerca de la mecedora estaban las zapatillas del señor Scully.

Ned captó un cierto movimiento al otro lado de la ventana de la cocina. Era el gato que, sobre la nieve, se dirigía hacia el cobertizo. Alzó una pata y, durante un instante, se la lamió con fuerza, como si en la zarpa se le hubiera introducido algún pedacito de nieve helada. Ned pudo advertir que había engordado, aunque todavía se hallaba bastante flaco. Llevó al cobertizo el cuenco y un platito con agua. El gato le observó cautelosamente a unos metros de distancia. Ned reparó en cuán diferente era la actitud del gato de lo que había sido. Se había puesto en guardia, pero ya no le sorprendía su presencia.

Le hubiera gustado quedarse para ver comer al gato, pero sabía que no se acercaría al cuenco si él se quedaba tan cerca. Volvió a la cocina y se olvidó del gato, tratando de averiguar en dónde podía estar el señor Scully. Quizá había ido a visitar a la señora Kimball, aunque a menudo decía que no podía soportar todos aquellos ladridos, el sorbido de mocos y los chillidos, y que los bebés gateaban y trepaban por él como si fuese las Montañas Rocosas.

Ned advirtió que la botella de ron se había volcado y que su contenido se había derramado por todo el suelo cerca de la mecedora. Miró hacia la escalera y se estremeció. El estremecimiento fue muy intenso y pareció durar largo tiempo. Ned no estaba seguro de si se debía al frío reinante en la casa o a algo más.

Remontó lentamente los escalones. En el umbral del cuarto de baño que mandó instalar Doris, tendido boca abajo, estaba el señor Scully. Sus brazos se abrían hacia adelante y sus manos estaban cerradas.

Corrió sin detenerse hasta llegar a la casa de los Kimball. Golpeó en la puerta hasta que abrió un hermano de Evelyn, Terence, de cuatro años de edad. Vestía un enorme jersey gris lleno de agujeros, y calzaba una sola chinela deshilachada. En una de sus sucias manos se disolvía un caramelo horriblemente pringoso. Ned examinó la amplia cocina por encima de la cabeza del niño. Sentada cerca de la estufa, había una mujer de escasa talla y moño canoso en lo alto de la cabeza. Un bebé cabalgaba sobre una de sus rodillas diminutas.

—Neddy Wallis —gritó—. Cuánto me alegra verte. Terence, ve a buscar a Evelyn al desván. Mira Ned, acabo de hacer cubitos de jalea con azúcar. Siéntate en donde puedas y te daré algunos.

Mientras Ned tragaba saliva y empezaba a hablar, uno de los diversos gatos que husmeaban por la cocina lanzó un salvaje aullido y saltó sobre otro gato. El bebé chilló enardecido; apareció Evelyn y le alzó, al tiempo que gritaba:

—¡Hola, Ned!

—Señora Kimball —dijo Ned con tanta fuerza como pudo—, el señor Scully está tendido en el cuarto de baño de su casa y no se mueve en absoluto.

—Cuida de Patrick —ordenó la señora Kimball a Evelyn.

—¡Creo que está muerto! —gritó Ned y rompió a llorar.

Para entonces, la señora Kimball se había echado sobre los hombros una gruesa chaqueta masculina de cuadros, e introducía sus pies desnudos en un par de negras botas de goma. Todos los gatos corrieron hacia otra habitación, Terence se arrastró bajo la mesa y Patrick rió como si le acabaran de contar el chiste más gracioso del mundo, mientras sus manecitas aferraban puñados de los ásperos cabellos de Evelyn.

Ned corrió a la casa del señor Scully en pos de la señora Kimball. Esta entró como una exhalación en la cocina, subió la escalera y, para cuando Ned la alcanzó, estaba sentada en el suelo y dando la vuelta al señor Scully, como si no pesara más que una vaina de guisantes. Un pálido rastro de espuma se había secado en la boca del anciano. Ned sintió que su estómago se contraía. La señora Kimball sostenía con dos dedos la muñeca del señor Scully.

—No está muerto —dijo serenamente—. Es posible que haya sufrido un derrame cerebral. Nosotros no tenemos teléfono, Ned. ¿Querrías ir a tu casa y llamar al hospital de Waterville para que envíen una ambulancia? Rápido, Ned. Mientras tanto le atenderé tanto como pueda.

De un clavo en la puerta del cuarto de baño, tomó el albornoz de franela del señor Scully, lo dobló varias veces y lo colocó cuidadosamente bajo su cabeza.

—Aprisa, Ned —añadió.

Mientras pugnaba por respirar, pensó que jamás había subido tan velozmente la ladera de la colina. En el pasillo se topó con su padre cuando éste salía de su despacho.

—Papá, el señor Scully ha sufrido un ataque —dijo—. Allí está la señora Kimball y me ha dicho que llame al hospital.

El reverendo Wallis fue quien hizo la llamada telefónica, y luego declaró a Ned que iba a casa del señor Scully para ver si podía ayudar en algo. Ned había superado la impresión de contracción en su estómago tras evocar la imagen del señor Scully tendido en el suelo, y quería ir también. Pero su padre le dijo que ya había hecho bastante por un día.

Ned contempló la alta y erguida figura de su padre caminando ladera abajo. Durante cierto tiempo no se registró movimiento alguno en torno a la casa del señor Scully. Luego, apareció la ambulancia, y del vehículo salieron dos hombres portando una camilla. Muy pronto regresaron llevando al señor Scully bajo una manta de un rojo intenso. Ned pudo distinguir a la señora Kimball cuando cruzó el camino en dirección a su casa. Después de marcharse la ambulancia, su padre permaneció solo durante un minuto, contemplando la casita. Para Ned, todo aquello había sido como presenciar una pantomima.

Esperaba que el gato no hubiera huído para siempre, asustado por todas las idas y venidas de aquellas personas. Esperaba también que el señor Scully sanara, pero no le parecieron dos esperanzas distintas. Era como si el señor Scully y el gato se hallaran sumidos en un apuro enorme e intrincado. Mientras observaba cómo su padre remontaba la ladera, oyó a la señora Scallop bajar ruidosamente por la escalera posterior.

—¿Qué te sucede, querido Neddy? —preguntó—. Tienes la cara colorada y te tiemblan las rodillas.

Ned abrió la boca, pero ella añadió al punto, antes de que pudiera pronunciar una sola palabra:

—Calma, calma.

El chico odiaba ese modo de hablar con una voz falsamente tranquilizadora, como si fuese dueña del país de la serenidad, y él una especie de estúpido que hubiera irrumpido a través de sus fronteras. Aguardó un momento. Pero ella no pareció inmutarse; le sonreía como si supiera exactamente cuáles eran los pensamientos que bullían en su cabeza.

—El señor Scully está enfermo —dijo Ned por fin, y se dispuso a salir de la cocina, al tiempo que pensaba cuánto le agradaba que abandonara la casa.

—Ya lo sé todo —repuso ásperamente—. ¡Pues claro que lo sé! ¿O es que piensas que tu padre no me cuenta todo lo que es importante? En cualquier caso, le oí hablar por teléfono. Tengo experiencia de la soledad de los ancianos, abandonados por unos hijos ingratos.

Ned fue al pasillo pensando que si la señora Scallop se refería a Doris cuando habló de hijos ingratos, él no podía dejar de compadecerse de Doris.

Su madre parecía estar aguardándole. Miraba ansiosamente hacia el umbral.

—Siento lo del señor Scully —dijo—. Creo que habías llegado a quererle mucho, ¿no es cierto?

—Pensé que estaba muerto —repuso Ned—. Parecía muerto.

Le miró de hito en hito.

—¿O sea, que fuiste tú quien le encontró? Creí que había sido la señora Kimball.

—Fui yo. Iba a verle... —hizo una pausa Estuvo a punto de decir que había bajado a ver qué tal estaba el gato. Empezó de nuevo.

—Iba a verle, a saber si se encontraba bien.

Experimentó una extraña agitación. Sus palabras valían tanto para el señor Scully como para el gato, y su madre no podía imaginar ese doble significado.

—Debes haberte asustado mucho —dijo—, al ver a una persona conocida, tendida en el suelo. ¡Oh, tienes que haberte quedado sobrecogido!

—Lo que se me sobrecogió fue el estómago —precisó Ned.

—Es posible que le hayas salvado la vida —añadió su madre.

—¿La vida de quién? —se preguntó Ned.

—Cuando las personas sufren derrames cerebrales, cuanto antes sean atendidas por un médico, mayores son sus oportunidades.

De repente deseó ir a su habitación, cerrar con llave la puerta y no hablar durante algún tiempo con nadie, ni siquiera con su madre. Experimentaba una confusión dolorosa. La excitación que sentía un minuto antes ya había desaparecido. Deseó que hubiese alguien que pudiera hacerle hablar del gato, un mago, quizá, que mágicamente le extrajera las palabras.

Su madre aún seguía mirándole con atención.

—¿Pueden morir las personas de un ataque cerebral? —preguntó estólidamente.

—Sí —le respondió—. Antes solían llamarlo apoplejía, me parece. Algo impide el paso de la sangre que el cerebro necesita, y sus células no obtienen el necesario riego. Es posible que, como consecuencia, se vea afectada el habla de una persona, o el movimiento de su lado derecho o el del izquierdo. El señor Scully es ya muy anciano, Ned. Aunque se recupere, quizá no pueda volver a ser el mismo de antes.

—¿No volverá a su casa? —preguntó Ned.

—No es probable. A no ser que haya alguien que se encargue de cuidarle —repuso.

—¿Pero qué pasará? —gritó Ned—. ¿Qué será de su casa?

—Tendrá que venir su hija y estudiar la situación. ¡Oh, Ned, nunca imaginé que te interesaras por él hasta tal punto! Ahora no hay nada que podamos hacer, sólo aguardar. Para cuando vuelvas de tu viaje con tío Hilary...

—¡No! —exclamó Ned—. No puedo ir a ninguna parte con tío Hilary.

—¿Qué te sucede, Neddy?

La señora Scallop entró silenciosamente en la estancia.

—¡Ned, con todo ese ruido vas a molestar a tu pobre madre!

—Por favor, señora Scallop, le ruego que no hable en mi nombre —dijo la señora Wallis con voz tan seca que por un momento Ned se olvidó de sí mismo—. Tengo mucha sed —prosiguió su madre en un tono sólo ligeramente más amable—. Y siento frío. ¿Quiere hacer el favor de traerme algo caliente para beber?

Después de que la señora Scallop abandonó la habitación de mala gana, la señora Wallis murmuró a Ned:

—No tengo frío ni sed, Neddy... ¡Pareces sorprendido!

Le sonrió y acarició su barbilla.

—Y no soy tan buena como tu padre. A veces digo mentiras.

Tomó su mano y la oprimió con la suya.

—Ned, ¿por qué no puedes ir con tío Hilary? Una persona no tiene por qué decirlo todo, pero a veces algo se interpone en la vida de uno. Me parece que te ha sucedido algo.

Él clavó sus ojos en ella, con el anhelo imposible de que se imaginara todo. ¿Pero seguiría sosteniendo su mano como ahora la sostenía de haber sabido que había privado de uno de sus ojos a un gato, que había hecho sufrir a un ser vivo? Una vez le trajo un ratón de campo que capturó cerca del lilo, y ella lo acarició con uno de sus dedos deformados mientras su cara se adornaba con sonrisas. Quería a los pájaros y quiso a su propia gata, tía Perlita.

¿Pero acaso entendería su madre que en realidad nunca supo que aquella sombra poseía vida?

—Oh... —gimió su madre de repente—. ¡Si al menos pudiera moverme!

¿Sabía él que la sombra poseía vida?

—No quiero ir a Charleston —dijo con voz un tanto temblorosa—. No quiero marcharme de casa.

Su madre acarició su mano.

—De acuerdo, Ned —repuso con voz muy serena—. No tienes por qué ir. Nos pondremos en contacto con tío Hilary. Sé que lo sentirá, pero ya habrá otra ocasión.

. . .   .

La señora Scallop se marchó dos días más tarde, tras atar sus esterillas con un fuerte cordel y sin permitir que nadie le ayudara a llevarlas al Packard. Su partida no hizo mella alguna en su altanería. Dijo a Ned que ahora empezaría a dedicarse a cosas más importantes. Para una mujer como ella, había resultado duro tener que vivir en el campo. Ahora residiría en el centro de la ciudad, y allí habría más personas con las que hablar que un niño y una inválida. Sobre la mesa de la cocina dejó un enorme montón de pastillas de chocolate. Ned decidió no tocarlas, pero en el mismo momento incluso de tomar semejante resolución, descubrió que ya tenía una en la mano.

Después de que papá partió con la señora Scallop, Ned subió a la que había sido su habitación por la escalera posterior. Se le antojó más vacía de lo que había estado nunca, como si ella la hubiera arrebatado alguna sustancia invisible. Había limpiado el polvo de la cómoda de roble y cubierto el terliz del colchón con una colcha blanca y sutil. Mamá afirmó que ahora que se había marchado la Señora Refunfuño y Bufido, la casa parecía más grande.

A través de Evelyn, que lo había sabido por su madre, Ned se enteró de que el señor Scully no volvería a su casa durante cierto tiempo. Había sufrido un derrame cerebral; no podía hablar ni mover el brazo ni la pierna derechos. Doris había sido avisada y estaba en camino hacia el Este para ver a su padre.

Ned acudía cada tarde al patio trasero del señor Scully y aguardaba al gato gris. Cuando el frío era muy intenso permanecía dentro del cobertizo de la leña apretando contra su cuerpo la bolsa de papel con restos de comida para que ésta no se helase. Tan pronto como veía asomar el gato tras la caseta, Ned llenaba el viejo cuenco y lo colocaba en el suelo. El gato se acercaba cautelosamente al cobertizo, ladeando la cabeza para clavar su ojo en Ned. Entonces éste retrocedía hacia el interior del cobertizo hasta que el gato se sentía satisfecho de la distancia que mediaba entre Ned y el cuenco.

Mientras lo veía comer, Ned sentía como si fuera él quien comía. Cuando saciaba el hambre el gato, los pensamientos de Ned se liberaban de la existencia del animal. En compañía del gato, era capaz de olvidarse de el.

. . .   .

No podía llevar leche a la escuela para dejarla después en el cobertizo del señor Scully. Un día, su padre le condujo a Waterville para que le cortaran el pelo en la peluquería de River Street. Después, Ned dijo a su padre que le gustaría bajar al muelle donde los barcos de la Hudson River Dayline se detenían para tomar y dejar pasajeros. Añadió que prefería ir solo. Su padre pareció un tanto sorprendido, pero accedió al requerimiento y se encaminó a Schermerhorn's, los grandes almacenes de la ciudad, con el propósito de comprar un chal para la señora Wallis.

Ned se dirigió a una tienda de comestibles y adquirió con el dinero ganado al servicio del señor Scully varias latas de leche concentrada. Después, fue a una ferretería en donde compró un pequeño punzón para romper el hielo. Estaba completamente seguro de que su padre no repararía en el abultamiento de los bolsillos de su abrigo. Su padre solía mirar más a las caras de las personas que a su indumentaria.

Cuando regresó en el Packard aquel día, sintiendo tras el corte de pelo una cierta frescura en el cuello desembarazado de cabellos, casi se echó a reír porque, al sentarse, se entrechocaron ruidosamente las latas de leche. Pero su padre ni siquiera se volvió.

—¿Qué es lo que haces siempre tras esa casa? —le preguntó una tarde Billy al volver de la escuela.

—Estoy limpiando cosas del señor Scully —replicó Ned sin titubear—. Cuando regrese del hospital encontrará el patio tal como quería.

—Pero ahora está todo cubierto de nieve —observó Billy.

—Trabajo en el cobertizo. Allí hay muchísimas cosas que hacer —repuso Ned.

Se preguntó si para entonces existía algo sobre lo que no pudiera mentir. Le pareció que ni siquiera le importaba ya.

Una semana después de que el señor Scully fuera conducido al hospital, Ned descubrió el vetusto taxi de Waterville detenido ante la casa. El señor Grob, el viejo taxista, se hallaba al volante, soplándose las manos para que entraran en calor. Aquel destartalado vehículo estaba cubierto por la nieve.

Ned dio la vuelta para dirigirse al cobertizo. En la fiambrera de la comida guardaba sobras de la carne de cerdo de la cena de la noche anterior. Las echó en el cuenco, y luego vertió por encima leche concentrada de la lata que había perforado con el punzón.

—¡Eh, chico! —gritó alguien.

Se volvió hacia la puerta de la cocina. En el escalón había una mujer con un grueso abrigo de color castaño.

—¿Qué es lo que estás haciendo ahí? —preguntó.

—Doy comida al gato —replicó, demasiado sorprendido por la presencia de la mujer para decir algo que no fuese la verdad.

—Mi padre no tenía gato —declaró la mujer con tono adusto—; de tenerlo me lo habría dicho.

—Yo trabajo a su servicio —declaró Ned.

—Pues no tenía a nadie a su servicio. No necesitaba a nadie —replicó.

—Yo cortaba la leña y se la traía. Iba a buscar allá abajo el correo cuando lo había y le hacía compañía —dijo Ned.

Experimentó un extraño regocijo, una sensación de fuerza mientras estaba allí, hablando con aquella mujer hosca del abrigo castaño, de la que sabía que era Doris, la hija del señor Scully. Comprendió de repente que había pasado mucho tiempo desde la última vez en que pudo dar una explicación sincera de lo que estaba haciendo y de por qué lo hacía.

—Bueno, ya no volverás a hacerle compañía.

Tuvo miedo de preguntarle lo que había querido decir con aquellas palabras, aunque estaba muy seguro de que, si hubiese muerto el señor Scully, su madre lo hubiera sabido y se lo habría dicho. Miró a la mujer sin pronunciar una palabra.

—Ahora ya no es capaz de valerse por sí mismo —explicó ella, cediendo un tanto en su aspereza—. No puede hablar. Y, desde luego, no puede volver a esta choza.

¡Choza! Desde luego, la casa del señor Scully era pequeña y vieja y estaba un tanto decrépita, pero había encajado tan espléndidamente en torno de él como una concha en un caracol. Ned se preguntó cuál sería la idea de Doris acerca de lo que era una casa.

—Voy a tratar de venderla —anunció—. Necesitará hasta el último centavo que pueda conseguir para pagar la residencia.

—¿No está en el hospital?

—Le trasladarán muy pronto.

Ned sentía un intenso deseo de ver al anciano, de contemplar cómo vertía unas gotas de ron en su té.

Ahora, la hija del señor Scully alzó el cuello de su abrigo, ocultando casi por completo su cara. Su mirada se dirigía, a través del valle, hacia la fila de colinas que se extendían por el otro extremo.

—¡Nieve! —exclamó desdeñosamente.

Luego volvió la cabeza y observó a Ned.

—Bueno, supongo que puedes alimentar al gato hasta que alguien compre esta cabaña.

—¿Podría ver al señor Scully?

—Supongo que sí —respondió de mal talante—. Aunque tal como está ahora, será como visitar a una pared. El médico dice que es posible que mejore, nunca se sabe con este tipo de cosas. Pero puede oír. Si quieres que le diga algo...

—Dígale que me ocupo de nuestro gato —le pidió Ned.

Doris asintió sin mirarle y desapareció dentro de la casa.

Tanto si fue por el señor Grob y su taxi como por la

presencia en la casa de la hija del señor Scully, o por alguna otra razón, lo cierto es que el gato no apareció durante varios días. Ned retiraba la comida casi helada que había dejado el día anterior, y la reemplazaba con comida reciente y leche. Ahora que ya no estaba en casa la señora Scallop, vigilándole constantemente con sus ojillos azules, cogía todo lo que en su opinión podría comer el gato. La señora Kimball se mostraba cordial y amable con él, pero no reparaba en lo que hacía en la cocina o en la despensa. Supuso que estaba tan acostumbrado a que los niños entraran y salieran en su casa, hurgaran y se llevaran cosas, que no prestaba atención ni se interesaba por lo que él hiciera.

Tres días antes de Navidad, Ned descubrió un cartel en un poste clavado ante la casa del señor Scully. Decía: «Se vende». Desde hacía varios días ya no dejaban en el buzón el periódico de Waterville. Cuando Ned empezó a subir la ladera le pareció ver un gato deslizarse tras un abeto a cosa de cien metros. No fue tras él, porque imaginó que ya estaría harto asustado por el taxi y por Doris. Cuando llegó al cobertizo se tranquilizó al hallar el cuenco, limpio de la comida que había puesto allí antes de bajar hasta el buzón.

Pero su satisfacción no duró más de dos minutos. Empezó a pensar en los duros meses que sobrevendrían: enero, febrero y marzo. ¿Cómo conseguiría mantener con vida al gato hasta que llegara un tiempo más cálido?

La escuela, sus clases, la iglesia, eran como tenues murmullos en otra habitación. Sus conversaciones con su madre se habían tornado cada vez más tensas. Podía advertir que se sentía desconcertada. A Ned se le antojaba que el acto de coger la escopeta y dispararla —su primera desobediencia—, había tenido lugar años atrás. Sobre el arma se amontonaban ahora, como una montaña de nieve apelmazada, todas las mentiras que había dicho, todos los subterfugios a los que había recurrido. Sintió que su secreto se había congelado en torno de él. No sabía cómo fundirlo.

Ned observó cómo su padre sacaba de un armario

una larga capa de piel y la despojaba de la sábana en que estaba envuelta. La abuela de mamá se la dejó en su testamento y mamá siempre la lucía en Nochebuena, cuando papá les llevaba a la iglesia.

Ned pasó su mano sobre la suave piel.

—¿De qué está hecha, papá? —preguntó tímidamente.

—Creo que de piel de foca —replicó su padre.

Papá y él adornaron su propio árbol de Navidad, que se alzaba en el cuarto de estar al otro lado de la mesa de la biblioteca. A Ned empezó a dolerle mucho la garganta.

—¡Neddy, pareces muy sonrojado! —afirmó su padre—. ¿Te encuentras bien?

—No —respondió Ned angustiado.

Media hora más tarde, Ned se hallaba en la cama; sus dientes castañeteaban mientras su padre acumulaba mantas sobre él.

Durante todo el día siguiente se helaba o ardía.

—La señora Kimball vendrá y se quedará contigo —dijo su padre—. Y mamá se quedará también. Ya sé, Neddy querido, lo desilusionado que te sientes. Pero tan enfermo como estás, no debes salir.

No le importaba ahora perderse la visión del gran árbol de Navidad con todas sus luces encendidas, del mismo modo que tampoco le había importado el viaje con tío Hilary. Se imaginó apartando las mantas y lanzándose ladera abajo para llenar de comida el cuenco. Pero sabía que en realidad no podía ni debía hacerlo.

En otros tiempos hubo ocasiones en que le gustaba estar enfermo. Su padre le traía una bandeja con un vaso alto, lleno de un ponche de huevo o una tostada seca y ligeramente tibia, con una consistencia agradable al diente, o una tostada caliente con un cuenco de sopa. Su madre le llamaba desde su habitación, y después de que su padre hubiese acercado la silla de ruedas junto a la puerta de Ned, le contaba historias.

Pero ahora se sentía enfurecido.

Qué gato tan horrible, pensó de repente cuando su padre se quedó junto a la cama, aguardando a que transcurrieran cinco minutos para retirar el termómetro de su boca. Era feo y estaba hecho una ruina. Su piel parecía llena de remiendos, sus zarpas estaban mal formadas y sus bigotes eran ralos. Jamás sería como uno de los gatitos de Janet que maullaban dulcemente, se sentaban en el regazo y ronroneaban. Y en donde debería haber un ojo, éste tenía un agujeor negro.

¡Culpa suya! Su padre retiró el termómetro de su boca. Ned murmuró:

—¡Muérete, gato, muérete!

Su padre se inclinó sobre él y le preguntó solícito:

—¿Qué quieres, Neddy?

Ned meneó la cabeza. Su padre colocó su mano larga y fría sobre su frente.

Desapariciones

La temperatura de Ned volvió a ser normal un día después de Navidad. Su padre le dijo que podía levantarse mientras se mantuviera abrigado y no bajara al piso inferior, donde había tantas corrientes de aire.

Por vez primera desde que era capaz de recordarlo, Ned deseó que concluyeran las vacaciones escolares. Cada día le parecía una semana. Iba de una ventana a otra y pasaba el tiempo contemplando el nevado paisaje. En otras estaciones del año siempre había algo que se movía, revoloteaba o se agitaba: hojas, pájaros, insectos o ardillas, los prados ondeando como estandartes al impulso de la brisa, pero ahora no se movía nada que Ned pudiera ver, como no fuesen las gotitas de humedad de su aliento sobre el cristal de la ventana.

Cada día pasaba algunos minutos con su madre. Tampoco ella se sentía bien. El piso de arriba era como un hospital. Papá subía y bajaba con bandejas de comida y platos vacíos, envuelto en un tenue olor a pino. En la mañana de Navidad, su padre colocó una por una las bolas plateadas en su propio árbol, pero Ned aún no había bajado a verlo. Todos parecían aislados: el árbol, papá, mamá y él mismo. Le pesaban los brazos y las piernas; era capaz incluso de sentir el embotamiento de su propia mirada. Vivía adormecido, agitado de vez en cuando por la explosión de un violento estornudo. Toda su habitación olía a jarabe contra la tos.

Envuelto en su viejo albornoz de baño de color pardo que ya se le había quedado pequeño —las presillas del cinturón le llegaban en realidad bajo los brazos—, jugueteó desganadamente con sus regalos de Navidad. Aprendió a emitir la señal de socorro en el transmisor en Morse que le había comprado su padre y a ajustar el ocular del microscopio que le había enviado tío Hilary desde Nueva York. De segunda mano, según había escrito tío Hilary, pero auténtico, y esperaba que disfrutara con el aparato aunque en modo alguno resultaría tan maravilloso como pudo haber sido el viaje a Charleston.

Lo único que en realidad distraía su mente del lento paso de las horas era Kidnapped (1). Cada día, después de comer, leía unas cuantas páginas. Pero incluso durante la lectura, había momentos en que saltaba agitado y vagaba por las habitaciones pensando en el señor Scully en su cama del hospital, y en el gato, preguntándose si pondría seguir con vida en el mundo helado que se extendía más allá de las ventanas.

Finalmente llegó el día en que dejó a un lado su albornoz y se vistió con ropas de calle, en que por vez primera en cierto tiempo le supo bien la comida y en que abrió la puerta principal, respiró una bocanada de aire frío y partió hacia la escuela. Ned se había olvidado, en parte, del señor Scully y del gato gris.

El paisaje ya no parecía helado. Vio huellas en la nieve, animales y humanas. Se batían las desnudas ramas, el humo brotaba de las chimeneas, un pajarito gris gorjeaba en la copa de un pino, y restallaba en el aire quieto el sonido de los ladridos del perro de Evelyn; también la nieve poseía sus propios ruidos; se desplazaba, se fundía o se endurecía, murmuraba o crujía cuando él la pisaba.

Le alegró volver aquel día hacia casa en compañía de Billy, Janet y Evelyn. Empezó a nevar, justamente, cuando los cuatro niños dejaron atrás la casa de piedra. A Ned le cegaban los grandes copos que caían con rapi-

---

(1) Novela de aventuras de Robert Louis Stevenson cuya acción se desarrolla en Escocia durante el siglo XVIII (N. del T.).

dez. En ocasiones oía el mar en una gran concha que le trajo tío Hilary del Caribe. La intensa nevada ahogaba todos los sonidos; emitía una especie de apagado rugido, y Ned se sintió como si de repente hubiese sido transportado al interior de aquella concha marina.

A un día le siguió otro. El sol ascendió por el cielo, y aunque su luz era pálida, parecía diferente, más cálida, más intensa. Era rara la ocasión en que iba directamente a su casa desde la escuela.

Vagaba por las colinas. Caminaba bosque adentro por senderos en los que nunca se había aventurado antes. Atajaba por campos en donde, a veces, se hundía hasta la cintura en la nieve acumulada por el viento. Su lugar favorito era la finca de Makepeace. Subía a la colina, siguiendo la vieja cerca de piedra que lindaba con la propiedad de los Kimball, y se reía cuando Sport tensaba su cadena y alzaba la cabeza al cielo, ladrando como si Ned estuviese flotando por encima de él.

Cuando salía de los pinos, al llegar a la cima de la colina, en donde se alzaba la mansión abandonada, sabía que había llegado al corazón del invierno. Si miraba hacia el norte, cuando había sol, podía captar el reflejo de una ventana del desván de su propia casa.

La nieve se amontonaba en torno de la base de cada columna. Ned se sentaba en el borde del sofá de mimbre y contemplaba la montaña que se levantaba al otro lado del río. Aunque se hallaba en la misma divisoria sobre la que había sido construida su casa, la vista era enteramente diferente. Allí sentado, advertía con cuánta celeridad latía su corazón. Era como si estuviese esperando a que sucediera algo, un acontecimiento inesperado que podría ser terrible o maravilloso.

Una tarde en que el bosque se había tornado esponjoso por obra de la nieve fundida, y en que Ned se hallaba en la terraza de Makepeace con los chanclos empapados de agua, vio con el rabillo del ojo el revoloteo de algo extraño, un movimiento turbio, rápido e indeterminado, allí donde acababa el prado y empezaba el bosque. Contempló fijamente el lugar como si lo observara a través de un microscopio. Era el gato. O *un gato*. Y mientras miraba, desapareció como una bocanada de humo del tabaco del señor Scully arrastrada por el viento. Llevaba algo en la boca.

Se sentó en el sofá. Evelyn le había dicho que en aquel lugar había fantasmas. Ned no sentía miedo. La casa le parecía antigua, como el templo griego que había visto en una de sus tarjetas postales. No experimentó impulso alguno de ir tras el gato. *Aquello* le preocupaba un tanto. Se dijo a sí mismo que si el animal que había visto era el gato tuerto, había conseguido vivir largo tiempo sin su ayuda. Le alivió inmensamente el hecho de que no hubiera podido distinguirlo con claridad. Ya no deseaba sentir pena por él.

Camino de su casa se detuvo un instante ante la del señor Scully. El cartel de «se vende» había desaparecido. Ya no estaba el viejo Ford, y habían derribado la caseta y apilado sus tablas cerca de la puerta trasera. Ned halló el cuenco del gato en el cobertizo. Caminó unos metros ladera abajo, hacia la carretera, con el cuenco en la mano. De repente, alzó el brazo y lanzó el cuenco con todas sus fuerzas. Se fue corriendo hacia su sendero sin volver la vista atrás, sin oír el impacto del cuenco sobre el suelo.

—¿En dónde has estado, niño vagabundo? —le preguntó su madre.

La señora Kimball acababa de traerle una taza de té. La señora Kimball no hacía golosinas al modo de la señora Scallop. No era muy buena cocinera, pero se mostraba tan simpática y agradable que a Ned no le importaba. La señora Scallop era una persona capaz de entrometerse en la vida de uno tan sólo con mirarle; en cambio, la señora Kimball, incluso cuando te recordaba algo que deberías hacer, te dejaba, de algún modo en libertad.

—He estado bastante tiempo en la finca de Makepeace —dijo Ned.

Se asomó a los ventanales y divisó las chimeneas de Makepeace. En verano las ocultaba la línea de arces.

—¿Qué les pasó? —preguntó—. ¿Llegaste a conocerles?

—La familia vivía en esta parte del valle del Hudson

desde el siglo XVIII —dijo—. Parte de la casa es anterior a la Revolución.

—Evelyn afirma que allí hay fantasmas.

Su madre le observó por encima de la taza de té. A él le pareció que hacía tiempo que no la veía, aunque la visitaba diariamente, al menos durante algunos minutos. Quizá es que durante ese tiempo, en realidad, no la había mirado. Se le antojó más encorvada. Su voz también parecía más débil.

—No creo que haya fantasmas —repuso mamá lentamente—. Y si los hubiese sería por los sufrimientos de quienes allí vivieron. Todavía constituían una gran familia cuando tu abuelo compró nuestra tierra. Tres hijos murieron en la guerra mundial. Dos de las hijas se casaron y se fueron lejos de esta parte del país. Cuando yo vine aquí de recién casada, todo lo que quedaba de los Makepeace era una pareja de viejecitos, casi tan pequeños como las figuras de una tarta de boda. Cuando murieron, la hija mayor se llevó todos los muebles, cerró la casa y la puso en venta. Nadie la compró. Cuando yo aún podía caminar, solía ir por allí, y sentarme en el viejo sofá de mimbre de la terraza. Creo que te llevé hasta allá varias veces.

—Allí es en donde me siento ahora —explicó Ned.

—¿Ah, sí? —le preguntó tan cariñosamente que Ned tuvo que apartar la mirada. Por alguna razón sus ojos se llenaron de lágrimas.

—No hay fantasmas, Neddy —le dijo con más firmeza—. Creo que existen presencias en todas partes, las almas de todos los que han pasado por este mundo.

—Yo pensé que estaban en los cielos.

—Sí, eso es lo que dice papá.

Ned tendió la mano y tocó su pelo por un instante.

—Ya no está el cartel de «se vende» en la casa del señor Scully.

Le explicó que la casa ya había sido vendida, y que habían trasladado al señor Scully a la residencia de ancianos de Waterville.

—¿No es allí en donde trabaja la señora Scallop? —preguntó sorprendido.

—Sí. Pero no es preciso preocuparse. Ella se muestra, bueno, quizá amable no sea la palabra adecuada, pero más serena, ahora que se halla al frente de algo. Papá fue a ver al señor Scully y dice que la señora Scallop le atiende muy bien, como hace con cualquier otro paciente de la residencia.

—¿Está mejor el señor Scully?

—Hace algunos movimientos en la parte afectada por el derrame, pero no puede hablar.

—¿Se ha quedado aquí su hija?

—Volvió al Oeste.

No le parecía posible que hubieran transcurrido sólo cinco meses desde su cumpleaños.

Mamá tocó su mano, que se apoyaba en el brazo de la silla de ruedas. Los dedos de ella parecían calientes y secos. Se miraron en silencio durante cierto tiempo.

—Ya verás cómo te sientes más feliz —dijo ella—. Con frecuencia las cosas mejoran por sí solas.

Ned se fue a su habitación, pensando en lo que le decían las personas mayores. ¿Llegaría su madre a mejorar por sí sola? Había momentos en que sentía que las palabras de sus padres trataban de orientarle en una determinada dirección —más las de papá que las de mamá—, como el palo con que empujaba barquitos de papel en los charcos.

Hacía casi calor en el banco de la iglesia, el domingo. Observaba a su padre mientras predicaba, pero no le escuchaba con atención. Trataba de pensar en cómo olían los dientes de león, y comprendió que era incapaz de imaginar un olor. Oyó decir a su padre:

—Y los ciegos y los lisiados acudieron a él en el templo y él les curó.

Evocó la terraza de Makepeace rebosante de ciegos y lisiados; se hacinaban contra puertas y ventanas y se subían al sofá, y el gato tuerto se deslizaba entre sus pies, tratando de evitar que le pisaran. ¿Qué sucedería si se desencadenara un fuego en alguna de esas inmensas estancias que contemplaba a través de una ventana? ¿Y qué pasaría si el fuego se extendía por la colina, y alcanzaba a su propia casa con una lluvia de chispas sobre el tejado, mientras las llamas lamían las tablas del suelo del desván y la larga caja donde estaba la escopeta?

—Recemos —dijo el reverendo Wallis.

Ned inclinó su cabeza, cerró con fuerza los ojos y el fuego desapareció.

—¿Podríamos visitar al señor Scully? —preguntó Ned a su padre de vuelta a casa.

—Iremos hoy —dijo su padre—. He estado pensando en eso durante cierto tiempo y me alegra que me lo recuerdes, Neddy.

La residencia de ancianos de Waterville era un enorme edificio de ladrillo, con dos torres en la ancha calle mayor de la ciudad, no lejos de la tienda en donde, de vez en cuando, papá compraba una caja de chocolatinas de fabricación casera. Papá y Ned se hallaban en el vasto vestíbulo principal, de un olor un tanto agrio, como el de la leche a punto de cortarse. El suelo estaba brillante y resbaladizo, porque había sido encerado. A la derecha había una puerta que decía: Oficina, y a la izquierda una gran sala llena de sillas y mesas. Allí estaban sentadas tres ancianas que escuchaban la radio. Una dirigía hacia el receptor una trompetilla que parecía el asta de un ciervo. Cuando papá se dirigió hacia la puerta de la oficina, esta se abrió, y salió la señora Scallop. Vestía un uniforme blanco y se peinaba con un moño. Todo en ella parecía distinto, excepto su sonrisa, lenta y triunfal, que parecía decir a Ned: «Soy maravillosa y conozco secretos».

—Reverendo Wallis, ¿qué es lo que le trae por aquí con el querido Neddy?

—¡Caramba, señora Scallop! ¡Qué buen aspecto tiene! Pues desearíamos ver al señor Scully si está levantado, y si a usted le parece que sería conveniente.

Asintió con gesto de persona entendida.

—Conveniente —repitió—. Sí, desde luego. Le alegrará verles, aunque no pueda decirlo. Hacemos cuanto podemos por él, reverendo, pero ha mejorado muy poco.

Subieron tras ella por una larga escalera y luego recorrieron un estrecho pasillo, dejando atrás varias puertas, hasta llegar a la de la habitación del señor Scully. Esta puerta se hallaba abierta. En el alféizar de la ventana había una maceta de geranios secos. La señora Scallop cloqueó mientras se dirigía al otro lado de la cama en la que el anciano yacía inmóvil de costado.

—Le gustaba su tiesto —dijo en voz alta la señora Scallop—. Pero ya le advertí que a los geranios no les sienta bien el invierno.

Sonrió de oreja a oreja y se inclinó sobre la cama.

—¡Imagine quienes han venido!

Papá tomó con firmeza en su mano la de Ned y dio la vuelta en torno de los pies de la cama para reunirse con la señora Scallop. Ned sintió que se contraía su estómago, como cuando levantaba una piedra y contemplaba la súbita agitación de insectos y gusanos.

Los cabellos del señor Scully eran como pelusa. Sobre sus mejillas y en su mentón crecía una barba rala. Su labio inferior parecía congelado. Pero sus ojos brillaron inteligentes al reconocerles, y en aquella pálida y cenicienta cara ardían como carbones. Ned se inclinó sobre él y murmuró:

—Hola, señor Scully. Me alegra verle.

—Habla alto, Neddy —ordenó la señora Scallop.

—Esperamos que nuestro vecino volverá pronto a casa —dijo el reverendo Wallis.

A Ned le pareció que tenía apenas sitio allí, entre el geranio y la estrecha cama en que se hallaba el señor Scully. Pero cuando, precisamente, pensaba en eso, su padre y la señora Scallop se fueron al pasillo, y comenzaron a charlar de un modo animado.

Ned observó al anciano que movió un hombro muy levemente. Hablar a alguien que no podía responderle era la cosa más extraña que jamás le había sucedido. Contó al señor Scully su visita a la mansión de Makepeace, y un poco acerca de la escuela y de lo que estaba leyendo y aprendiendo. No le dijo que había conocido a Doris, ni que había desaparecido su viejo coche, ni que habían derribado la caseta. De repente, se quedó sin nada que contar. El señor Scully pestañeó. Ned pensó que le sonreía muy tenuemente, pero no estaba seguro. Luego, muy despacio, el anciano sacó su mano de debajo de la blanca colcha y la frotó un instante como si estuviese acariciando a un animal. Ned alzó los ojos hacia su padre y la señora Scallop. Se habían alejado un poco más de la puerta. Se inclinó sobre el anciano hasta que su boca estuvo junto a su oído.

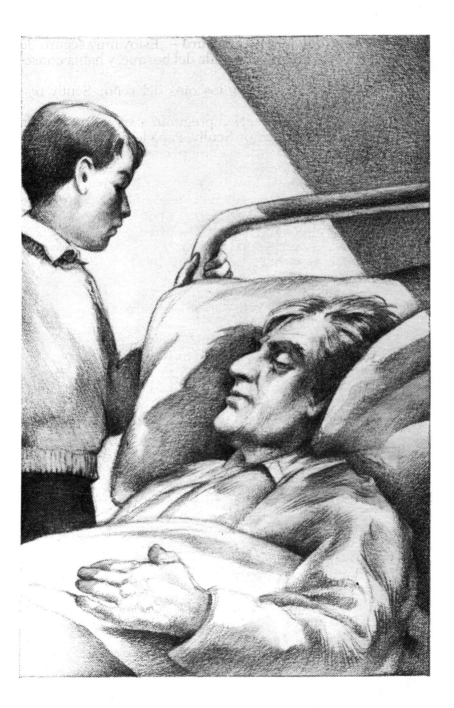

—Creo que lo vi —murmuró—. Estoy muy seguro de que era él al que vi en la linde del bosque, y había conseguido algo que comer.

Cuando se enderezó, los ojos del señor Scully resplandecían al mirarle.

De regreso a casa, Ned preguntó a su padre si podía volver a visitar al señor Scully. Papá le dijo que le llevaría el sábado siguiente, ya que pensaba recoger algunos datos en la biblioteca pública.

—Estoy seguro de que le vendrá bien verte, Ned —afirmó su padre—. Su hija se fue al Oeste un tanto precipitadamente, espero que tuviese allí cosas que atender, y ahora se encuentra muy solo.

Hizo una pausa y pareció titubear. Luego añadió:

—Creo que debes saber que no es muy probable que mejore.

—¿Quieres decir que va a morirse? —preguntó Ned.

Los labios de su padre se movieron como si estuviese buscando una palabra.

—Ya sé —repuso Ned rápidamente.

Su padre pasó un brazo en torno de sus hombros y le atrajo hacia sí.

Ned acudió a ver a su madre. Le contó su visita al señor Scully.

—¿Es la señora Scallop la dueña de la residencia? —le preguntó.

—¡Así que esa es la impresión que da! —exclamó su madre. Y se echó a reír. Pero él no le prestó mucha atención. Estaba pensando en la visita, en lo que le dijo al señor Scully acerca de haber visto el gato o un gato.

—Es como lo había imaginado —afirmó su madre—. Se siente feliz ahora que tiene su propio reino.

Ned no estaba acostumbrado a sentirse aburrido e inquieto en compañía de su madre. Pero así se advertía ahora, y ya no quería hablar más de la señora Scallop ni de su reino.

Papá había empezado a preparar la cena del domingo, y Ned bajó a la cocina. Por lo común, solía disfrutar viendo cocinar a su padre. Papá saltaba de la mesa a la pila como si fuera un ciervo. A Ned le parecía un hombre diferente del que había visto en la habitación del señor

Scully, en la residencia y le había hablado de un modo tan envarado. Tomó rápida y delicadamente una patata, de la misma forma que un mapache se apoderaría de su comida. Estaba hablándole a Ned de un artículo que preparaba acerca de la historia de la iglesia, de todos los pastores que le habían precedido allí, algunos de los cuales estaban enterrados en el pequeño cementerio próximo a la casa rectoral. Al cabo de un rato, se hallaba ya demasiado atareado para seguir hablando y, para su sorpresa, Ned se vio subiendo la escalera posterior hasta la escalera del desván.

Aún había luz diurna, y no tuvo que tirar del largo cordel con el que se encendía la bombilla del techo. Se abrió camino entre revistas, libros y cajas, y se detuvo ante el umbral de la habitación inacabada.

Desde donde se hallaba, logró distinguir el polvo que cubría la caja de la escopeta. Apenas podía creer que hubiera llegado siquiera a tocar esa caja, que hubiera sacado el arma, bajado las escaleras, pasado junto a la señora Scallop dormida en su cama, llegado al vestíbulo y a la puerta principal, y caminado por el sendero envuelto por la maleza que conducía hasta la vieja cuadra.

Recordó lo bien que encajó contra su hombro la culata de la escopeta. Al cabo de un minuto o dos, se acercó al ventanuco y miró afuera. El cielo estaba gris y luminoso como la perla gris del alfiler de corbata que su padre guardaba en una caja forrada de terciopelo en lo alto de la cómoda, y que había pertenecido al abuelo de Ned. Había una mancha de color entre las ramas amarillentas y rosadas de los árboles. Ned sabía que pronto brotarían los muguetes en la tierra, bajo la ventana de la cocina, y exhalarían su perfume sus flores acampanilladas.

Los niños de la escuela dominical buscarían el huevo de Pascua en el césped próximo a la casa rectoral. El Domingo de Pascua, su madre iría en el Packard a la escuela, y sería conducida hasta el banco desde el que ella y Ned escucharían el sermón pascual de papá. Él se sentaría junto a ella, tratando de dar la impresión, como siempre hacía cuando la llevaban a la iglesia, de que su madre era capaz de ponerse en pie y caminar como cualquier otra persona.

Papá pasó tres tardes más de los sábados en la biblioteca de Waterville, y en todas las ocasiones dejó a Ned en la residencia de ancianos para que pudiera visitar al señor Scully. Ned comprendió que el señor Scully era la única persona a quien en realidad deseaba ver.

Se acostumbró al olor húmedo y agrio de la cera, pero no se habituó a la señora Scallop con su uniforme y su nuevo peinado de moño.

Aunque le sonreía siempre, aún conservaba sus antiguas manías. En su primera visita sólo preguntó a Ned:

—¿Tienes algo interesante que decirme?

—Casi han acabado el nuevo edificio de la estación de gasolina, cerca de la escuela.

Sin dejar de sonreír, la señora Scallop inquirió.

—¿Te pones insolente, querido Neddy?

Le preocupó de repente la posibilidad de que no le dejara subir la escalera para ir a ver al señor Scully. Trató de pensar en algo que le interesara. Ella le tomó del brazo y lo apretó con fuerza.

—¡Ve! Ya sabes el camino. ¡La señora Scallop entiende a los chicos, pequeños o grandes!

Cuando subía por la escalera, pensó en algo que con seguridad le hubiere interesado: el modo en que, meses atrás, se deslizó junto a su habitación con una escopeta. Se sonrió al imaginarse diciéndolo, pero de una manera desagradable y hosca. Estaba muy seguro de que no fue la señora Scallop quien le vio por la ventana cuando regresaba a casa aquella noche. Había empezado a dudar de que hubiese habido nadie.

Una mujer alta con uniforme de enfermera se hallaba junto a la cama del señor Scully, y sostenía su muñeca en la mano. Observó a Ned, le sonrió y dijo:

—Tú tienes que ser el amigo del señor Scully.

Ned asintió.

—Yo soy la enfermera Clay —añadió.

Bajó con cuidado la muñeca del señor Scully y le tapó un hombro con el embozo.

—Le alegrará verte —afirmó, al tiempo que salía de la habitación.

¡Qué quieto estaba el señor Scully! ¿Trataba algo dentro de él de hallar una salida? ¿En qué pensaría?

Ned recordó la broma que años atrás gastó a su padre una noche, cuando acudió a rezar su oración: *Ahora que me tiendo a dormir, ruego al Señor que proteja mi alma...* Ned había colocado una almohada bajo su manta y luego se metió bajo la cama.

Su padre habló a la almohada durante largo tiempo, y a Ned le sofocó la risa. Papá se rió también cuando Ned le agarró por uno de los tobillos y salió de debajo de la cama. Tuvo que haber sucedido antes de que mamá se pusiera enferma; papá reía mucho en aquellos días. Imitaba a Cosmo, el caballo de mamá, y galopaba por todo el largo cuarto de estar. Y gastaba bromas que eran casi tan divertidas como las de mamá. Aquella fue una época en que hacía todo con la misma rapidez con que preparaba la cena, y aquellos fueron también días en que su voz casi parecía auténtica.

Ned rodeó la cama para llegar al otro lado y dijo quedamente:

—Hola, señor Scully.

Aguardó durante un minuto hasta que recordó que el anciano no podía responder a su saludo. Observaba a Ned con ojos brillantes y vivaces como la vez anterior. Pero parecía un tanto cambiado, como si de algún modo se hubiese hundido aún más en la cama.

—Alguien ha limpiado su patio —le dijo Ned—. Me detengo allí todos los días al volver de la escuela.

El señor Scully pestañeó.

—Estaba muy seguro de que había muerto el gato —declaró Ned, bajando la voz.

El señor Scully movió la cabeza, lo que provocó un susurro en la almohada.

—Ya no volvió nunca más al cobertizo. Pero ahora estoy muy seguro de que el gato que vi era él. Tal vez llevaba un ratón en la boca. Quizá había aprendido a cazar con un solo ojo.

El anciano observaba por encima de su hombro. Ned se sintió hueco por dentro. Se volvió para ver qué miraba el señor Scully. Sólo era la planta del alféizar, parda y polvorienta, seca ya la tierra en torno.

—¿Quiere usted que me lleve ese tiesto? —preguntó Ned.

El señor Scully gimió y pestañeó.

—Puede que se enfade la señora Scallop —dijo.

El señor Scully contrajo los ojos del modo que hacen algunos cuando sonríen.

—Tal vez no se enfade con usted —añadió Ned, confiando en que el señor Scully estuviese tratando de sonreír—, porque no puede responderle.

Retornó la sensación de vacío que había desaparecido antes. Ned comenzó a hablar acerca de la escuela, de lo que estaba estudiando y de lo difícil que era la aritmética, y su voz sonaba para él exactamente del modo en que respondía las preguntas que le hacían la señorita Brewster y otras personas mayores. Se sorprendió a sí mismo interrumpiendo de repente su charla sobre la escuela para pasar a describir la casa de piedra en la curva del camino de tierra, la larga terraza de la mansión de Makepeace y la manera en que se sentía allí contemplando toda la comarca. Se sintió mejor, más interesado. Pero sobrevino un momento en que llegó a cansarse de su propia voz solitaria, cuando la pequeña habitación le pareció contener un silencio, y nada más que silencio. Se despidió del señor Scully, le prometió volver y verle de nuevo, y se llevó el tiesto al pasillo, no sabiendo muy bien qué hacer con aquello. La enfermera Clay salió de repente de la habitación y él se lo entregó sin decir una palabra.

—Ya había pensado en llevármelo —dijo—. Trataré de encontrar una planta con vida para el señor Scully.

Bajó la escalera y salió por la puerta principal de la residencia de ancianos sin tropezar con la señora Scallop. Había tenido suerte, pensó mientras aún oía los ecos de su propia voz, tal como la había escuchado cuando hablaba en la habitación del señor Scully. Al encontrar a su padre en la biblioteca le preguntó:

—¿No te sientes extraño cuando estás predicando, y de repente te oyes a ti mismo sin que nadie te responda?

Su padre le miró pensativo durante un instante.

—En ocasiones —dijo—. Pero la mayor parte del tiempo siento que las personas de la congregación están hablando conmigo, dentro de sus corazones, quizá.

Ned podía advertir que, para su padre, era diferente de lo que había sido para él cuando hablaba al señor Scully, aunque ahora que lo pensaba, resultaba posible que hubiera un cierto tono de predicador cuando le explicaba al anciano lo referente a la escuela y todo lo demás.

A Ned le pareció que el señor Scully se hallaba más débil el siguiente sábado que le vio. Ya no pestañeaba, miraba simplemente a Ned con los ojos medio cerrados. La enfermera Clay le advirtió que le hablase muy bajo y que su visita tenía que ser breve. Apenas dijo nada durante los pocos minutos en que permaneció junto a la cama del señor Scully. Sintió el impulso de tocar su hombro, su blanca mejilla, pero tuvo miedo de asustar al anciano o de que su piel fuera tan frágil y pulverulenta como el ala de una polilla.

La señora Scallop le sorprendió cuando salía por la puerta del edificio. Le retuvo por el brazo y meneó, apenada, la cabeza.

—Me temo que el señor Scully no permanecerá mucho tiempo con nosotros —dijo.

Le abrazó rápidamente y cuando él se apartó, anunció al techo que el Señor obraba de modos misteriosos. Ned no entendió cómo aquellas palabras —tantas veces oídas en la iglesia— eran aplicables al señor Scully, pero desde luego, servían para la señora Scallop.

Cuando llegó el sábado siguiente, la enfermera Clay y la señora Scallop hablaban en el vestíbulo. La anciana, con la trompetilla como el asta de un ciervo, descendía lentamente la escalera. La enfermera Clay le advirtió que su visita debía limitarse a cinco minutos. Y la señora Scallop, hinchando las fosas nasales le dijo:

—Haz exactamente como te señala la enfermera Clay. Nada de titubeos esta vez.

La irritación de Ned ante la injusticia de la señora Scallop hizo que se olvidara de lo que le había dicho la enfermera Clay, pero recordó sus palabras en cuanto estuvo junto a la cama del señor Scully. Se hallaban corridas las cortinas; el anciano tenía los ojos cerrados. Aguzando el oído, Ned percibió el tenue sonido de una respiración lenta. Cada hálito era como un suspiro.

—Señor Scully —murmuró.

Los ojos del señor Scully se agitaron hasta abrirse. Parecía ciego; luego, y lentamente, su mirada se concentró en Ned.

—Sé que no se siente bien, así que no me quedaré mucho rato —declaró Ned.

Sintió vértigo. El señor Scully parecía estar mirando directamente al centro de él.

—Oh, señor Scully... —dijo Ned, deseando desesperadamente hallarse en cualquier otro lugar, no haber venido. Algo le apremiaba, le inducía, no sabía a qué. Percibió su propia respiración pesada. El anciano seguía inmóvil, aprisionado en su misteriosa aflicción. ¿Era aquel el mismo hombre que había estado al lado de Ned junto a la pila de la cocina, y que tan ansiosamente se había inclinado hacia adelante para ver al gato jugar con una hoja?

—Oh, señor Scully... —dijo Ned de nuevo—. Fui yo quien disparó contra el gato.

Hubiera querido tragarse de nuevo aquellas palabras. A lo lejos percibió el sonido de la disposición de las mesas para una comida, el entrechocar de fuentes y platos y el repiqueteo de las bandejas. Un anciano envuelto en un albornoz pasó lentamente ante la puerta del señor Scully. Su cabeza, muy rígida se inclinaba hacia adelante como si estuviese al acecho de los peligros que pudiera hallar en su camino. En el interior de la habitación reinaba el silencio más absoluto. Ned ya no era capaz de oír la respiración del señor Scully. Se sintió profundamente solo. Con los ojos de la imaginación, vio la cola del animal que se había desplazado tan velozmente a lo largo de las piedras de la cuadra, su sombra más grande y más imprecisa que él, como el agua que fluye y las sombras de las hierbas que la luna lanzaba contra las piedras. Todo quedó magnificado en aquel instante como si su memoria hubiera sido un microscopio dirigido al momento en que alzó la escopeta, y como si su visión se tornara cada vez más clara, cada vez más precisa y afinada. Sintió que se tensaba su dedo como si tirara hacia atrás de un gatillo. Tragó saliva y bajó los ojos.

El señor Scully había movido su cabeza y Ned pudo

ver parte de la otra mejilla, acolchada de arrugas. Agitó su boca. Miraba directamente a Ned. Entonces, su mano inició un titubeante y lento viaje hacia la mano de Ned, que descansaba sobre la colcha.

La enfermera Clay apareció en la puerta.

—Creo, Ned, que ya está bien por hoy —dijo en voz baja.

Ned no se movió. No podía, observando aquella mano que pugnaba por llegar a la suya.

—¡Ned! —le llamó la enfermera.

Sintió el contacto de un dedo del señor Scully. Después, poco a poco toda su mano cubrió la de Ned. Era una presión tenue, tan leve que ni siquiera el propio Ned podía decir siquiera cómo estaba allí.

La cabeza del señor Scully cayó hacia atrás sobre la almohada, se cerraron sus ojos, y la mano que había sobre la de Ned se agitó y quedó quieta sobre la colcha. Ned abandonó la estancia, pasando junto a la enfermera Clay. Oyó un gemido y volvió la cabeza. La enfermera Clay se inclinaba sobre el enclenque cuerpo de la cama, ocultándolo a sus ojos.

Ned se dirigió a la biblioteca. Alzó la mano que el señor Scully había tocado y le pareció como si pudiese hablar. Por fin, le había dicho a otra persona que disparó contra el gato. El señor Scully no había sido capaz de responder una palabra. Pero había tocado su mano. No la hubiese tocado de haber creído que Ned era verdaderamente malo. Pero debía haberse hecho una idea acerca de Ned. Aun así trató de consolarle. Comprendió que Ned sufría. ¿Qué *habría* dicho? Ni siquiera había tenido que mentir al señor Scully del modo en que mintió en casa... excepto callándose unas cuantas cosas que sabía acerca del gato. El señor Scully iba a morir; dejaba a Ned en lo alto de una escalera edificada sobre mentiras; la escalera no se apoyaba en nada.

En la biblioteca, su padre alzó la vista hacia Ned desde la mesa de roble sobre la que había varios libros abiertos.

—¡Ned! ¿Te sientes bien? —preguntó preocupado.

Ned vio dos arrugas junto a cada comisura de la boca de su padre; no creía haber advertido antes cuán hondas eran. Alguien agitó un periódico en otra mesa. Si se acercaba a la ventana, cerca de la mesa de la bibliotecaria, podría ver la calle, que se extendía a lo largo del río. Siempre le había gustado pasar por aquella calle rebosante de olor a agua de río y a petróleo. Una vez que su padre y él pasaban por allí, quizá para comprar unos zapatos, o ir a la peluquería, e iba con papá de la mano mientras observaba el movimiento de sus propios pies sobre la acera, se soltó por un momento y volvió a agarrarse. Pero cuando alzó los ojos para decir algo a su padre, vio que aquella mano era de otro hombre. El desconocido se sonreía; Ned volvió la cabeza y vio a su padre de pie junto a la peluquería, riéndose. Se reían todos los que habían visto lo que había hecho Ned y finalmente también se rió Ned. Le gustaba la calle tanto por su olor a humedad, a petróleo, como porque allí se sentía seguro; era un lugar donde podía coger de la mano a alguien, y donde cualquiera parecía conocerle.

Papá le preguntó:

—¿Está peor el señor Scully?

Ned asintió. Sintió que sus ojos se llenaban de lágrimas. Papá extrajo de su bolsillo superior un enorme pañuelo blanco y se lo entregó. Ned se secó las lágrimas; su padre se levantó y pasó un brazo en torno de sus hombros. Luego, recogió los libros para devolvérselos a la bibliotecaria. Se detuvieron en los escalones de la biblioteca. El viento de marzo les trajo el olor del río. Hoy olía más a narcisos que a petróleo. Allí donde aparecía entre los desgarrones de las nubes, el cielo se mostraba pálido. Ned recordó de repente a los gitanos que vio el pasado mes de octubre, los colores vivos y chillones de su indumentaria. Deseó poder volver a verles en aquel mismo instante, contemplar sus rostros morenos y vivaces, tan indiferentes a lo que les rodeaba, como si todo fuese un sueño por donde hacían pasar sus carromatos.

Cuando estuvieron sentados en el Packard, su padre dijo:

—Creo que no obré bien al dejar que visitaras al señor Scully. Sabía que estaba empeorando. Trata de recordar, Ned, que es un hombre muy anciano, que ha vivido una vida larga, muy larga.

Estaba el motor en marcha, y Ned deseó que se pusiera en movimiento.

—Me siento orgulloso de ti —afirmó su padre—.Me siento orgulloso, Ned, por el interés que te tomas por David Scully.

Ned se hundió más en la felpa del asiento.

—Cuando te hagas mayor, descubrirás por ti mismo que las personas no se comportan como debieran. Doris no ha sido la mejor de las hijas. Sólo a regañadientes cumplió con su deber. Tus visitas han sido muy importantes. Sé que alegraron su corazón.

Ned se sintió de repente tan irritado que hubiese querido aullar: «¡Fui a verle por culpa del gato!».

¡Y sin embargo aquello no era cierto! Constituía tan sólo una parte de la verdad.

Años atrás, un diácono de la iglesia le regaló una caja fuerte de juguete. Perdió la caja y su llave, pero la recordaba por obra de cierto número de cosas secretas que allí puso: uno de los vasitos de cristal para el vino de la comunión, que se metió en el bolsillo un domingo en que nadie le veía, y en el que le gustaba beber agua; una lasca que encontró, y de la que estaba seguro que había sido una punta de flecha de un indio, y una nota que redactó cuando aprendió a escribir con letras de imprenta y que decía: «¿Qué es un espíritu santo?».

El señor Scully se había convertido ahora en su caja fuerte, y guardaba el mejor secreto que Ned había tenido nunca.

Pero algo más que el secreto del gato había atraído a Ned a la residencia de ancianos. Fue el propio señor Scully. *Le* conoció, supo de sus hábitos, de las cosas que sabía hacer, de cómo elaboraba su pan, del modo en que era capaz de encender rápidamente la estufa, de las historias que le narraba, de la sonrisa que dedicó a Ned cuando vertió ron en su té, de los recuerdos de su larga vida.

Miró a su padre.

—Una vez robé un vaso de la comunión —le dijo.

—Ah, sí —repuso su padre—. Cuando eras pequeño. Recuerdo que una noche te vi beber agua de ese vaso en el cuarto de baño.

—¿Por qué no me dijiste nada?

Su padre se sonrió de repente.

—Bueno... si hubieras vuelto a hacerlo, es posible que te lo hubiese dicho.

Evelyn les abrió la puerta. Tras ella estaba la señora Kimball, que lucía un vestido pardo de seda de los domingos, con su pequeño cuello de encaje. Ned vio una vez que se quitaba el cuello como si fuese un collar, y lo colocaba entre dos hojas de papel de seda, en un cajón de la cómoda que había en su cocina.

—¿Qué sucede? —preguntó inmediatamente papá.

—La señora Wallis tiene terribles dolores —replicó la señora Kimball—; la he atendido tanto como me ha sido posible, reverendo.

Ned advirtió que Evelyn le observaba atentamente.

Papá corría escaleras arriba.

—Ned, he dejado en el fogón un puchero con sopa para vuestra cena. Cuando vino Evie le envié a mi casa para que te trajera una hogaza de pan reciente.

—Tu mamá ha estado llorando sin hacer ningún ruido —le dijo Evelyn con los ojos muy abiertos.

—¡Evie! —exclamó la señora Kimball— ¿no te das cuenta lo preocupado que está Ned? ¡Déjale que vaya a verla!

Ned subió a toda prisa la escalera y cruzó el descansillo, donde los cristales coloreados de la ventana vertían sobre el piso de roble sus tonalidades de uva, limón y frambuesa. Se detuvo junto al espejo, tan oscuro como aquel momento del día. Papá trasladaba a mamá desde la silla de ruedas a la cama. Ella se apretaba contra él, sus piernas y sus brazos estaban tan juntos como si la hubiesen atado. Ned, conteniendo la respiración, observó cómo la dejaba su padre sobre la cama, dirigía una mirada vacía al pasillo, y luego cerraba la puerta.

Salió de la casa y corrió hasta la linde más alejada de la propiedad, y la más próxima también al monasterio. Se sentó sobre una piedra que se había soltado de la antigua valla divisoria. En torno de él resonaban, al impulso del viento, las ramas desnudas y huesudas de los zumaques. Oyó, en una ocasión, el tañido de una lejana campana.

Por fin, se encendieron las luces del cuarto de estar. Desde donde estaba sentado, aguardando, la casa parecía como una lejana nave. Consideró que, entonces, ya podía volver con mamá. Si papá se encontraba en el piso de abajo, sería porque mamá estaba mejor, o porque se había dormido. Por ocasiones anteriores, Ned sabía que su padre no se alejaba de su madre hasta que mejoraba.

Cuando Ned penetró en el pasillo, su padre, con expresión de cansancio y agotamiento, leía una carta ante la mesa próxima al perchero.

—No había abierto el correo —dijo a Ned con voz insegura.

Ned le observó sin decir una palabra. De repente, su padre le sonrió, y pareció ver a Ned por vez primera como si acabara de despertar de un sueño.

—Está mejor, Neddy. Es la humedad de esta época del año. Le resulta tan duro... y esta vieja casa... puede ser tan fría. Está despierta. Puedes subir. Creo que la señora Kimball dijo algo de la sopa...

Papá se dirigió un tanto titubeante en dirección a la cocina.

—¡Papá! —le gritó Ned—. ¡Olvidaste quitarte el abrigo!

Su padre se observó.

—Tienes razón. Lo he tenido puesto todo el tiempo.

Ned no aguardó a ver cómo su padre colgaba el abrigo, sino que se encaminó directamente a la habitación de su madre. Estaba recostada contra varias almohadas.

—Ned —le dijo amablemente—. No pongas esa cara. Ya estoy mucho mejor. Ya sabes lo que pasa siempre con esta enfermedad. Pero me parece que hay noticias esperanzadoras. Papá ha estado leyendo algo acerca de un nuevo tratamiento. Ya ha hablado con el doctor Nevins acerca de eso. Se refiere a sales de oro que hay que inyectar, y que pueden reducir la inflamación. Eso es lo que duele, ya lo sabes.

—¿Te duele ahora?

—No estoy mal —repuso. Y él supo que aquello significaba que el dolor no había desaparecido.

Su padre apareció en la puerta con una carta en la mano.

—Mira a donde ha ido Hilary —dijo—. Al territorio de Hawaii.

Dejó la carta sobre la cama y explicó que tenía que volver a la cocina, a calentar la sopa de la señora Kimball para la cena de todos.

—Puedes abrir la carta, Ned —le dijo su madre.

Extrajo tres hojas de papel del sobre. En una había un dibujo bajo una nota dirigida a él. Entregó a su madre las otras dos hojas. Pero ella no tendió las manos, sino que las mantuvo bajo la manta.

—Aún no puedo sostener nada —dijo.

El dibujo era de un barco. Ned jamás había visto ninguno como aquel. La nota decía:

Querido Ned:
He aquí un junco chino. ¡Fíjate en lo alta que está la cubierta! Se parece mucho a un navío mercante del siglo XVI. Las velas de la mayoría de los juncos son de color rojo intenso. Es bello, como un espléndido insecto, y yo voy a navegar por los mares de China en uno como éste. ¡Me gustaría que estuvieras conmigo!

Ned alzó el dibujo para que su madre pudiese verlo.

—Me gustaría verlo navegar río arriba —dijo ella—. Despertaría al espíritu de Henry Hudson.

Le sonrió. Era una sonrisa serena, y sin embargo reflejaba cierta rigidez, un esfuerzo, por lo que Ned supo que sería mejor marcharse. Recogió la carta de tío Hilary y anunció que se la iba a llevar a papá. Ella le dio las gracias y añadió que quizá pudiese dormir un poco entonces.

Después de que su padre hubo leído la carta, explicó a Ned que tío Hilary iba a visitar una leprosería en Molokai, a donde había ido a vivir un sacerdote, el Padre Damián, para atender a los leprosos. Después, tío Hilary iría a Hong-Kong. Allí buscaría un junco en el que navegar.

Ned y su padre cenaron la sopa de la señora Kimball, que no estaba muy sabrosa, pero que les llenó. Por una vez, Ned no se hallaba muy interesado en el paradero y las actividades de tío Hilary. Tenía trabajos escolares que entregar el lunes, pero en lo que pensaba sobre todo era en la enfermedad, la de su madre y la del señor Scully. No quería contar también en su mente con una leprosería.

—¿Sobre qué va a ser tu sermón de mañana, papá? —preguntó Ned, tratando de hallar una excusa para no ir a la iglesia.

—El texto es de la carta de San Pablo a los Filipenses: «Hacedlo todo sin murmuraciones ni discusiones, para que seáis irreprochables e inocentes...».

El padre de Ned calló súbitamente, tendió una mano sobre la mesa y tomó la de Ned.

—Como tú haces.

Y añadió:

—Querido Ned.

Entonces, casi se lo dijo a su padre. Se sintió a punto de confesar todo lo que había ocultado. Mientras contemplaba el camello en su desierto de cristal de la pantalla de la lámpara, podía advertir que todo aquello pugnaba por salir de su boca cerrada. Pero nada dijo, y muy pronto su padre se levantó y empezó a retirar los platos. Ned pudo oírle en la cocina, preparando una bandeja para mamá. Silbaba de la forma en que lo hacía tras un día especialmente duro.

El doctor Nevins se presentó el miércoles de la siguiente semana e inició el tratamiento de mamá, que recibía el nombre de crisoterapia. Lo único que sentía, dijo después ella a Ned, era que no podía sentarse cerca de los ventanales durante cierto tiempo, porque cualquier exposición a la luz, tras haber recibido una inyección de sales de oro, podía ponerle azul la piel. Y las sales provocaban picores en la boca.

—¡Pero nada importa todo eso! —añadió—. ¡Mira!

Puso las palmas de sus manos sobre su bandeja y estiró los dedos.

Me siento estupendamente, Ned. Quizá sea incluso capaz de entrar por mi propio pie en la iglesia el Domingo de Pascua. ¡Piensa en el efecto que haré en el coro! ¡Es posible que se queden sorprendidos en perfecta armonía!

Le extrañó verla tan feliz. Jamás había pensado que fuese desgraciada, excepto, desde luego, cuando sufría dolores, pero a veces le había parecido como una persona que observara un desfile desde cierta distancia, que hiciese comentarios, algunos serios, otros burlones, sobre los que desfilaban. Al mirar ahora su cara, sus ojos tan abiertos y su boca sonriente, era como si se hubiese lanzado en medio del desfile, y ya no fuese una simple espectadora. Aquello le asustó un poco.

Con la mirada fija en él, tomó su mano entre las suyas. Sintió la presión de sus dedos, la tibieza, no debida a la fiebre.

—Ned, Ned... —murmuró—. Aprovéchate de lo bueno cuando pasa. Hemos de intentar no asustarnos.

Y como trataba de no asustarse, dijo a su padre, el sábado, que le gustaría visitar al señor Scully, aunque sólo pudiera pasar un minuto con él.

—¿Estás seguro, Ned? —preguntó su padre—. Te sentiste desgraciado la pasada semana tras verle. Llamaré por teléfono a la señora Scallop cuando lleguemos a casa y, si está mejor, te llevaré a verle después de que salgas de la escuela, algún día de la próxima semana.

Ned sintió que si no veía aquel día al señor Scully no le quedaría nervio suficiente para resistir hasta alguna tarde de la semana siguiente. Tuvo una súbita visión del señor Scully: era tan pequeño que ni siquiera provocaría una arruga en la desgastada y blanca colcha de la cama de la residencia. Pero todo lo que le dijo a su padre fue que estaba seguro de que el señor Scully le esperaba. Su padre le dejó ante la puerta de la residencia de ancianos para seguir después él hacia la biblioteca.

El gran vestíbulo se hallaba vacío. En el cuarto de estar de los pacientes, vio a la señora Scallop enderezando la manga de una anciana; la ajustó y la abotonó por el puño. Cuando reparó en Ned, no dio un paso hacia él, ni le sonrió, ni siquiera frunció el ceño. Se sintió invisible e inseguro. ¿Debería ir escaleras arriba?

—¡Ned! —Era la enfermera Clay quien le hablaba.

Se hallaba ante la puerta de la oficina. Le hizo señas de que se acercara. Cuando llegó a su lado le acarició el pelo.

—Tu viejo amigo se ha marchado —dijo quedamente. Ned la miró sin comprender sus palabras.

—El señor Scully murió mientras dormía —añadió—. Fue el lunes.

Se quedó muy quieto durante un instante. Sintió su propia quietud como una especie de sueño en el que se hallaba seguro. Entonces estalló su pregunta.

—¿Sufrió al morir?

La enfermera Clay replicó:

—No lo creo.

La señora Scallop entró en el vestíbulo. Vio cómo su mirada se desplazaba desde él a la enfermera Clay, ponderando la situación. Su rostro asumió entonces una expresión de duelo.

—Pobre Ned. Sé cómo tienes que sentirte.

Supo entonces por qué no le había hecho ninguna señal de reconocimiento cuando llegó a la residencia. Había estado esperando a que la enfermera Clay le informara sobre la muerte del señor Scully. Comprendió de repente que la señora Scallop no era tan sólo un ser estúpido e imprevisible, sino también una persona miedosa. Le asustaba decirle lo sucedido.

La enfermera Clay le contó entonces que el jueves se había celebrado un sencillo funeral al que asistió un primo lejano del señor Scully. Y mientras le hablaba, la señora Scallop permaneció allí con sus manos unidas sobre el estómago, mirando de hito en hito a Ned.

Cuando la enfermera Clay subió la escalera para ocuparse de los pacientes, quizá, pensó Ned, de alguien que ahora estaba en la antigua habitación del señor Scully, la señora Scallop dijo:

—Espero que vengas a vernos, aunque el señor Scully fuera la única razón de tus visitas.

—Tengo que irme —declaró Ned sin mirarle.

—Veo que no lloras por el anciano —observó la señora Scallop—. Eres un chico juicioso. De nada sirve llorar por las personas cuando ya han muerto.

Ned no supo qué decir. Toda la tristeza que sintió por el señor Scully le colmó en aquel primer momento en que le vio sobre el suelo, con los brazos extendidos. Después, y durante todo el tiempo, Ned esperó que el señor

Scully moriría. De nada servía explicar aquello a la señora Scallop. Pensó que era alguien a quien nada podía explicarse. Estaba encerrada dentro de sus propias opiniones como si se hallara prisionera. Le dijo adiós, sorprendido por la expresión un tanto azorada de su rostro, y huyó a la calle por la puerta principal.

—Podían haberme llamado por teléfono en atención a ti —comentó su padre cuando Ned le informó de la muerte del señor Scully—. Desde luego, la señora Scallop sabía que te interesabas por él.

No sabía nada más que decir acerca de la señora Scallop.

—Arregló todas sus cosas —dijo Ned a su padre—. Ordenó todas las cajas y bolsas que había en el desván.

—Nunca le conocí tan bien como tú, Neddy —dijo papá—. Era un hombre reservado que no parecía desear compañía.

Cierto, pensó Ned. El señor Scully había sido amigo *suyo*. Cuando pasaron ante la vieja casita, y luego se desviaron a la derecha, cuesta arriba por el sendero de los Wallis, aquella idea consoló a Ned. Juntos, el señor Scully y él habían cuidado el animal herido, y al final, Ned dijo al señor Scully lo que hizo. Nunca sabría lo que había significado la presión de la mano del señor Scully sobre la suya.

Suspiró cuando trató de imaginar lo que habría dicho el anciano si hubiese podido hablar. «Pudo ser un chico», observó el señor Scully la primera vez que vieron el gato a través de la ventana.

Ned se esforzó por recordar el tono de la voz del señor Scully aquel día. No mostró irritación, ni tampoco reveló una decepción especial, de eso estaba muy seguro Ned. Fue más bien el tono con el que alguien hablaría acerca del tiempo en el valle del Hudson, de algo que no resultaba siempre agradable, pero que no era posible cambiar, por mucho que uno se quejara.

A la semana siguiente, la casa del señor Scully se hallaba ocupada por obreros; parecían estar acabando con el último rastro de la presencia del anciano en el lugar. Los hombres tiraban desde el tejado las podridas tablas de ripia, pintaban la fachada y ensanchaban el tejado del cobertizo de la leña, de forma tal que fuese suficientemente grande para albergar un coche. Ned vio que el señor Kimball estaba trabajando en el marco de la ventana de la cocina.

La nueva estación de gasolina de la carretera, próxima a la escuela, estaba ya terminada, y el señor Kimball había conseguido allí trabajo fijo; ahora, sólo se dedicaba a la carpintería en sus horas libres, según explicó Evelyn a Ned cuando le enseñó sus zapatos nuevos. Durante todo el camino de regreso a casa, no dejó de hablar de los zapatos, porque con las lluvias de primavera el suelo estaba blando y húmedo.

Entre los cuatro chicos, la noticia más importante fue que Billy se mudaría a Albany en mayo. Su padre había conseguido trabajo allí, en una empresa de fontanería. Los tiempos estaban mejorando, según dijo Billy, citando las palabras de su padre, pero era necesario aprovechar una oportunidad cuando se presentaba. Por vez primera se refirió a su hermano, enfermo de parálisis infantil y que necesitaba cuidados especiales que costaban muchísimo dinero. Ned sintió que Billy se fuera al Norte. Habían empezado a ser amigos.

Todo el mundo parecía estar desapareciendo. El señor Scully había muerto. Billy se mudaba. Tío Hilary navegaba en un junco por los mares de China. Hasta la propia Evelyn desaparecía en cierto modo, convirtiéndose en una Evelyn distinta, bien peinada, con zapatos nuevos y una sonrisa un tanto relamida, como si estuviera tratando de adoptar el gesto de una persona mayor.

Una noche de mediados de abril, pocos días antes de Pascua, Ned se despertó al oír el crujido del suelo al otro lado de su puerta. Se levantó y fue de puntillas por el pasillo. Se detuvo y escuchó. Oyó pasos en la escalera. La oscuridad era casi completa, pero pudo distinguir algo blanco que pasaba por el vestíbulo. Se inclinó sobre la barandilla, sabiendo que se trataba de su madre. No la llamó. Pensó que quizá le gustaría pasear sola, del modo en que hacía él siempre, experimentando la sensación de libertad en el silencio y la oscuridad.

Era extraño imaginarse a los dos, despiertos y sin hablarse, ambos levantados en mitad de la noche. Los frailes dormirían en su monasterio hasta que el toque de maitines les convocara para rezar. Y Sport estaría acurrucado en su caseta. Todos los bebés de los Kimball se hallarían durmiendo en sus viejas y crujientes cunas que habían pasado de un Kimball al siguiente.

Pero habría seres que se agitarían en el bosque. Las lechuzas estarían persiguiendo pequeñas presas. Y los gatos asilvestrados estarían quizá al acecho en los pinares, al norte de la vieja cuadra, o en la linde de la finca de Makepeace. Y la propia tierra que ahora comenzaba a entibiarse, rebosaría de seres vivos que se deslizaban o se arrastraban.

Por vez primera en muchas semanas, Ned pensó en la escopeta del desván. Sintió un intenso anhelo de subir hasta allí, de verla. Su padre le había dicho que podría tenerla, tal vez dentro de un año o dos. Era su escopeta.

Un estremecimiento recorrió su cuerpo. Fue tan violento que se sujetó a la barandilla como para no caerse. Papá había dicho otra cosa. No cabía imaginar nada junto a una escopeta excepto algo que estuviera muerto.

Se soltó de la barandilla y fue rápidamente a su habitación. Allí se puso sus ropas sobre el pijama. Lo único en que podía pensar era en salir de la casa, en alejarse del desván tanto como le fuese posible.

Una vez vestido y con los zapatos en la mano, se dirigió hacia la escalera y escuchó. No pudo oír nada. Su madre estaría aún levantada, pues de otro modo la habría oído regresar a su dormitorio. Tal vez se hallaba en la cocina preparándose una taza de té.

Ni siquiera se detuvo a considerar cuán extraña era aquella idea de que su madre pudiera hacer sola semejante cosa. En lo único que pensaba cuando bajó silenciosamente las escaleras, cruzó el vestíbulo y abrió la puerta principal, haciendo el menor ruido posible, era en que debía alejarse.

Una vez afuera, no pareció dudar qué camino debía seguir. Fue como si le condujeran. Se dirigió hacia el sur, hacia el bosque de arces, que atravesó hasta hallarse al otro lado, contemplando las columnas, tan blancas como la luna, de la mansión de Makepeace.

Luna de gato

Ned tiritó. Vestía un jersey y sus bombachos escolares azul marino, pero no se había molestado en ponerse los calcetines, limitándose a meter los pies en los zapatos. En torno de sus tobillos desnudos sentía la humedad de una neblina superficial que se extendía sobre el largo prado como una sábana de humo tenue. La luna estaba casi llena. Su luz se reflejaba en las aguas del río. Así como una hoz corta las hierbas altas, la luz de la luna había segado un ancho trecho de oscuridad. Sobre las tablas de la galería, esa luz había trazado confusos dibujos.

Fue a sentarse en el viejo sofá. Puso su brazo en torno del redondeado respaldo, sintiendo a través del jersey la punzada de los mimbres que se habían soltado, y se inclinó hasta apoyar su cabeza contra la pared. La madera de la fachada se hallaba seca, y parecía ligeramente tibia, como si el sol la hubiese calentado durante todo el día. Cuando empezó a ver mejor en la oscuridad, pudo distinguir diferentes árboles entre la masa boscosa del sur. En donde la luz de la luna tejía sus sombras sobre la tierra, distinguió manchas blancas, tenues como humo, quizá pétalos de sanguinaria de Canadá o siemprevivas tempranas.

Ahora se sentía tranquilo. Sus pensamientos eran serenos, fugaces, sin palabras. Podía percibir el aroma de la hierba fresca, y las flores silvestres, y el olor intenso y oscuro de la tierra. Distinguió en el Hudson las luces de babor y estribor de un barco, que navegaba hacia el sur, y se imaginó a sí mismo en su cubierta, observando la cola de cometa que dibujaba la luz de la luna sobre el agua. Se puso en pie y caminó por la galería. La vieja casa se estremecía, crujían las tablas que pisaba. Llegó del norte una brisa que barrió el prado, disipando la neblina, y luego, como una sola bocanada de aire inspirada y expulsada, susurró y desapareció. El hogar parecía muy lejano y la escopeta del desván tan leve como una sombra. Se volvió. Alguien se acercaba a él, procedente de la linde de los arces. Contuvo la respiración por un instante.

La figura subió a la galería y alzó un brazo.

—¿Neddy?

—Mamá —dijo él.

Estaba envuelta en su viejo abrigo de mezclilla que casi le llegaba a los tobillos. Se sentaron juntos en el sofá.

—En la India —le explicó en voz baja—, cuando uno no puede dormir, dicen que es porque hay luna de gato.

—Cada vez que cierro los ojos, me siento más despierto —afirmó él.

—Ahora mismo, sentados uno al lado del otro, acabo de comprender que eres tan alto como yo —dijo ella—. ¿Te habías dado cuenta?

No lo había advertido. Qué extraño le parecía no bajar la mirada hacia ella, no ver sobre todo su pelo y su frente.

—¿No te pasará nada por haber salido a esta hora? —le preguntó.

—Creo que no —repuso su madre—, pero aunque así fuera, lo habría hecho, es tan maravilloso...

—¿Curará tu enfermedad esa medicina?

—Me ha dado unas vacaciones. El médico no está seguro del modo en que actúa. Tendremos que esperar.

Hablaban muy quedamente, como parecía lógico en la quietud de la noche.

—Creo que allí abajo están creciendo sanguinarias de Canadá —dijo él.

—¡Te acuerdas del nombre!

—Y siemprevivas tempranas —añadió—. Y quizá lirios.

Su madre comentó que aquellos nombres eran tan encantadores que no resultaba preciso ver las flores.

—Podrás ir por tu propio pie a la iglesia el Domingo de Pascua.

—Ah, claro. Así lo espero.

—Tal vez los de la familia Makepeace se sentaron aquí, como nosotros —declaró.

—Tal vez. La primavera despabila a la gente. Es posible que en una noche como ésta las chicas y sus hermanos pequeños corrieran por el prado. Este aire te impulsa a correr.

—Y luego se fueron a la guerra —dijo Ned—. Y los alemanes los mataron.

—Fueron a la guerra con armas y otros hombres los mataron —declaró ella. Tocó su brazo.

—¿No crees que pesamos demasiado para este sofá tan viejo? Acabo de oír un crujido muy fuerte.

Se pusieron en pie y empezaron a caminar juntos.

—Echo de menos al señor Scully —confesó Ned.

Su madre calló por un instante. Pasaban junto a una enorme y oscura ventana. Se detuvo e inclinó su frente contra el cristal para escrutar en el interior.

—No hay nadie allí... —murmuró. Luego tomó su brazo por un momento y añadió:

—Todos debemos irnos, Ned.

El sentido de lo que le había dicho le llegó despacio, silenciosamente, casi con timidez, como a veces le sobrevenía el sueño: estoy quedándome dormido, se decía a sí mismo, pero aún no... y entonces se dormía. Así que ahora se dijo: comprendo lo que ella dice, todos debemos irnos, debemos, debemos...; y en aquel instante en que el dolor pareció atrancarse en su garganta de tal forma que era difícil respirar, un gato salió del bosque hacia el espacio iluminado por la luna.

—¡Mira! —murmuró a su madre.

Le seguía otro gato, más pequeño que el primero. El primer gato se sentó sobre sus patas traseras, y el segundo dio una vuelta en torno. Saltaban, rodaban, retrocedían y se acometían unas veces en la sombra y otras bajo la luz de la luna.

—Es como si bailaran —afirmó mamá.

Ned abandonó la galería y se adelantó unos metros por el prado en cuesta. El primer gato ladeó su cabeza y observó a Ned, pero el otro animal, más pequeño, corrió a refugiarse en el bosque.

—¡Mamá! Hay dos gatitos. Puedo verlos allí, junto a aquel abeto del Canadá.

Oyó cómo reía en voz baja.

—¡Qué maravilloso! —dijo su madre—. Toda una familia de gatos que ha salido a pasear. Verdaderamente esta es una luna de gato.

Las siluetas oscuras y pequeñas de los gatitos rodaron una junto a otra, como bolas de nieve, y desaparecieron. Sólo quedó el primer gato. Ned se agachó para verlo mejor. Ahora el gato le observaba fijamente. Vio la cuenca vacía donde estuvo el ojo. De repente, como si aquel instante fuese todo lo que el gato podía permitir a Ned, se alejó con celeridad y desapareció también.

—Tenemos que volver a casa —le dijo su madre—. Empieza a soplar el viento... Nos enfriaremos.

Ned se puso en pie y retornó hacia la mansión. Tenía la luna a su espalda, y su sombra caía como una capa sobre la tierra que tenía ante sí.

Su madre había bajado de la galería y se había vuelto para mirar también hacia la casa. Recitó algo como si sólo hablara para sí misma:

«Las torres envueltas en nubes, espléndidos palacios. Los templos solemnes, el mismo gran globo...».

—¿Es de la Biblia? —preguntó Ned.

—No, de Shakespeare, de su obra *La Tempestad*.

Caminaron hacia la fila de arces. La luna se pondría en un minuto. Ahora la oscuridad era más extensa. Ella le tomó del brazo cuando franquearon la valla de piedra derrumbada hacía mucho tiempo, y penetraron en la propiedad de los Wallis.

—Ese gato sólo tiene un ojo —le dijo rápidamente—, porque yo disparé contra él.

Ella se detuvo. Pronunció su nombre una vez, dubitativa, como si no estuviese segura de que había sido él quien le había hablado.

—Después de que papá guardó la escopeta que me había regalado tío Hilary, yo subí al desván y la encontré. Luego fui a la cuadra y vi algo que se movía. Apunté y disparé. En la casa del señor Scully apareció un gato tuerto. Lo alimentamos y lo cuidamos. Estuvo a punto de morirse, pero luego mejoró. Entonces, el señor Scully se puso malo. Y yo seguí llevando comida al gato. Pero él dejó de ir al cobertizo del señor Scully. Lo vi una vez en la finca de Makepeace, en donde estaba esta noche.

El silencio en torno de ellos era inmenso. Imaginó que le escuchaban todos los seres que se deslizaban, se arrastraban o caminaban en la oscuridad. No podía ver la cara de su madre. Seguía muy quieta, como un árbol que se alzara allí.

—Era el mismo gato que acabamos de ver. El que apareció en casa del señor Scully. Un gato tuerto.

—Es posible que le hiriera alguien en algún otro lugar —dijo su madre—. No puedes estar seguro.

Ned reflexionó por un instante. Luego replicó:

—Tal vez. Pero yo disparé contra algo. Sabía que era algo vivo. No me preocupó eso cuando apunté la escopeta hacia algo que se movía.

Él oyó su propia voz y le sorprendió lo alta y firme que era. Su madre le tomó de la mano y tiró un tanto de él; se sentía como si hubiese echado raíces en aquel sitio. Entonces, él cogió sus dedos y caminaron hacia casa. Cuando llegaron junto al arce desde cuya rama le gustaba columpiarse sobre la terraza, por encima del jardín de rocalla, ella se detuvo otra vez.

—Te vi aquella noche —declaró—. Me había levantado. Era una de esas veces que podía andar. Me sentía feliz en cada ocasión que eso sucedía. Te vi subir al desván y luego salir por la puerta principal. Al cabo de un rato hice otro tanto. También yo subí al desván. Me senté en esa vieja silla de respaldo móvil. Luego miré por la ventana y te vi volver a casa. Llevabas algo.

—Así que *fuiste* tú —dijo él—. Llevaba la escopeta. Pensé que la cara en la ventana era la de la señora Scallop. Al cabo de cierto tiempo, empecé a pensar que tan sólo lo había imaginado, o que había soñado que alguien me había visto.

Ya estaban cerca de la galería. Ned podía distinguir los escalones y la silueta del lilo que florecería dentro de un mes. Entonces, como sabía muy bien, las grandes flores purpúreas inundarían con su aroma el vestíbulo.

—Y desde septiembre te has guardado todo eso.

—Se lo dije al señor Scully, pero él ya no podía hablar. Ni moverse. Sé, sin embargo, que me oyó. Ignoro lo que pensaría.

—Tal vez ya lo sabía —repuso—. Vamos a sentarnos un momento en los escalones. Estoy sin aliento.

Se sentó junto a ella, apoyando la barbilla en una mano. Sentía tras de sí la paz de su propia casa. Cuando estaba sentado en la galería de Makepeace, era como si hubiese ido a otro país. Miró a su madre. No aguardaba que sucediera algo, ni esperaba decirle nada a ella.

—Pues yo quiero contarte algo acerca de mí —le dijo su madre—. Hui de casa cuando tú tenías tres años. Me fui al Norte, a Maine. Encontré una casita junto a un río, y en ese lugar viví cerca de tres meses. Hasta allí llegaba la marea. Cuando estaba baja, el nivel descendía unos tres metros. Por la noche podía oír el gorgoteo del agua. Recuerdo que sonaba como si varias personas de gran corpulencia estuvieran dentro de una bañera.

Rió un instante. Pero su risa no impidió que él temiera lo que estaba a punto de decirle.

—Compré una bicicleta vieja y mohosa, e iba casi cada día a adquirir víveres en la aldea cercana. Compraba conservas, pan y sidra y, a veces, manzanas. Comía del modo que come un niño. Iba a la biblioteca una vez a la semana. Era un lugar muy silencioso, excepto por el río. Solía levantarme al amanecer. A esa hora las garzas y las garcetas se alimentaban en el lodo.

En su voz percibía cuánto le había gustado aquel sitio.

—¿Por qué huiste? —preguntó.

—Temía la bondad de tu padre. Yo no soy tan buena.

No pudo entender aquello. Pero tampoco recordaba siquiera que se hubiese marchado. Era como si de repente le hubieran dejado en una habitación en la que sólo vivieran y hablaran personas mayores, y él no pudiera entender aún su lenguaje. Pero algo se agitaba en

157

su mente, en su memoria: una especie de sensación de familiaridad, de escuchar algo que —aunque no lo hubiese entendido— había oído antes.

—¿Por qué volviste? —preguntó en voz baja.

—Papá y yo nos escribíamos. No me dijo inmediatamente que por la noche tú andabas por toda la casa. Sí... eso solías hacer. Por pequeño que fueses, te metías en todos los sitios, y como permanecías levantado toda la noche, estabas soñoliento durante todo el día. Volví porque os echaba mucho de menos. Y regresé para que dejaras de andar por las noches y durmieras.

Por el tono de su voz, podía afirmar que estaba bromeando. A menudo hacía bromas cuando se sentía triste. Sabía eso del mismo modo que no ignoraba que su padre silbaba cuando se enfrentaba con dificultades.

Su madre calló durante cierto tiempo.

—¿Crees que aquella noche sabías que se trataba de un gato? —preguntó al fin.

—No. Supe que era *algo*. Creí que se trataba de una sombra. Entonces disparé, así que no supe si lo imaginé o no.

Pensaba en ella, tan lejana, y en cómo subía y bajaba él las escaleras de la casa de noche todos aquellos meses en que ella permaneció ausente, entrando en todas las habitaciones, y probablemente también en el desván.

—Esta vez fuiste tú quien acudió a buscarme.

—Sí. Te vi caminando hacia los arces. Te seguí.

La puerta a sus espaldas se abrió, y la luz cayó sobre ellos. Los dos se pusieron en pie y se volvieron.

Papá estaba en el umbral. Se hallaba encendida la luz del vestíbulo. Vestía su albornoz y calzaba sus raídas zapatillas de cuero.

Con una mano hizo pantalla sobre sus ojos y les observó.

—¡Así que estábais allí! —dijo, sonriente—. Os he buscado por toda la casa. Luego pensé... que habíais ido a dar un paseo en esta espléndida noche de primavera.

—Fuimos a la mansión de Makepeace —dijo mamá.

—Me alegro de que hayáis vuelto a casa —repuso papá.

INDICE